AVENTURES SUR MESURE

PRINCE OF PERSIA
LES SABLES DU TEMPS

Le choix de Dastan

Écrit par Carla Jablonski.
D'après le scenario de Doug Miro & Carlo Bernard
et l'adaptation cinématographique de Jordan Mechner et Boaz Yakin.

Producteurs exécutifs : Mike Stenson, Chad Oman, John August,
Jordan Mechner, Patrick McCormick, Eric McLeod.
Produit par Jerry Bruckheimer.

Réalisé par Mike Newell.

Cet ouvrage a initialement paru en langue anglaise, en 2010, chez Disney Press, sous le titre : *Prince of Persia, The Sands of Time, To Right a Wrong.*

Traduction de l'américain par Vanessa Rubio.
Conception graphique : Audrey Cormeray

Hachette Livre, 43 quai de Grenelle, 75015 Paris.

Aventures sur mesure

Disney

PRINCE OF PERSIA
LES SABLES DU TEMPS

Le choix de Dastan

hachette
JEUNESSE

Comment lire ce livre ?

vas-tu échafauder un plan afin d'éviter un bain de sang, en prenant le risque d'échouer et de causer la perte des tiens ?

Si tu obéis à ton frère, rends-toi au 74.

Si tu préfères suivre ton plan, continue au 3.

Les choix

À CHAQUE FIN DE CHAPITRE, CE VISUEL T'INDIQUE OÙ CONTINUER TA LECTURE. S'IL INDIQUE « VA AU 15 », TU DEVRAS CHERCHER LE CHAPITRE 15 POUR CONTINUER TON AVENTURE. ATTENTION, PARFOIS, DEUX CHOIX TE SONT PROPOSÉS… À TOI DE FAIRE LE BON !

3

Au beau milieu de la nuit, l'armée se prépare à prendre la cité par la grande porte. Avec un petit groupe d'hommes, tu te faufiles vers l'est, le long de la muraille, muni d'une corde et de plusieurs grappins.

La sentinelle arpente le chemin de ronde au-dessus de toi. Il faut agir vite. Et sans bruit.

Vif comme l'éclair, tu escalades le mur… lorsqu'une flèche vient se planter entre les pierres. Pas de panique, ça fait partie de ton plan ! Bis, ton second, envoie une pluie de flèches, qui forment une échelle pour te faciliter la tâche.

Arrivé en haut, tu lances le grappin. Il atterrit avec fracas de l'autre côté.

Oh, oh… la sentinelle a dû l'entendre ! Ses pas se rapprochent. Il se penche et tombe nez à nez avec toi. Mais avant qu'il ait pu donner l'alerte, un poignard fend les airs et vient se ficher dans sa poitrine. Il bascule dans le vide.

Tu remercies silencieusement Bis avant d'enjamber le mur. Puis tu jettes la corde à tes hommes.

— Je peux savoir pourquoi on désobéit aux ordres de ton frère ? demande Bis, hors d'haleine, en te rejoignant.

Les chapitres

Pour repérer les chapitres, cherche les numéros comme celui-ci. Ils apparaissent en haut de page.

Le prince Dastan

C'est toi !

Tu as entre les mains un objet doté d'immenses pouvoirs. Il peut te permettre de changer le cours de l'histoire. Tes choix auront des conséquences capitales sur les événements. Ce pourrait même être une question de vie ou de mort ! Toi, le prince Dastan, sauveras-tu la belle princesse Tamina ? Tenteras-tu de savoir qui a tué ton père ? Voici les choix que tu devras faire... parmi tant d'autres ! Alors vas-tu sauver le monde ou le détruire ? À toi de décider !

LA DAGUE SACRÉE

La dague a un pouvoir extraordinaire : elle permet à celui qui la possède de remonter le temps pendant quelques instants. La princesse Tamina est l'une des gardiennes de la dague sacrée.

Alamut

La ville sacrée est réputée pour sa beauté. Elle recèle de lourds secrets, que seule la princesse Tamina connaît. Le Sablier des Dieux est caché à Alamut et renferme les légendaires Sables du Temps.

Les Hassansins

Cette secte de criminels a été bannie de l'empire de Perse, sous le règne de Sharaman. Pourtant, un proche du roi les a secrètement protégés pour leur confier des missions inavouables...

PROLOGUE

Il était une fois une terre aride, sans lois et sans roi. Pourtant à la force de l'épée, un homme y bâtit un empire.

À la fin du VIe siècle, la Perse s'étend sur des milliers de kilomètres, de la mer Méditerranée aux steppes de Chine. L'avenir de l'empire repose entre les mains de ses princes – ceux qui un jour seront rois…

Mais tous les princes ne sont pas de sang royal. Toi, Dastan, tu es né dans les faubourgs de Nasaf. Tu t'es interposé alors qu'un soldat du roi malmenait un autre gamin des rues, ton ami Yusef. Tu as impressionné le roi Sharaman par ton honnêteté, ton courage et ton intelligence. Te pensant promis à un grand destin, il a décidé de t'adopter. Tu es devenu le troisième et le plus jeune de ses fils.

C'était il y a douze ans. Maintenant, ton père passe le plus clair de son temps au temple. Il ne réalise pas que son empire est au bord de la guerre.

Rends-toi au 2.

2

Tu fais les cent pas dans la tente où se tient le conseil de guerre, aux portes de la splendide cité d'Alamut. Contre la volonté de ton père, tes frères aînés – Tus, l'héritier du trône, et Garsiv, le chef des armées –, soutenus par ton oncle Nizam, ont décidé d'attaquer.

Tu protestes :

— D'après notre père, c'est une ville sacrée !

— Le roi ne sait pas tout, réplique Tus.

Nizam s'avance en expliquant :

— Notre meilleur espion a intercepté une caravane quittant Alamut avec un chargement destiné à nos ennemis du Koshkhan. Regarde !

Sous tes yeux horrifiés, l'homme renverse deux malles pleines d'armes sur le sol. Quel arsenal ! Ce qu'on raconte est donc vrai : Alamut n'est pas une cité paisible. On y fabrique des armes, revendues aux ennemis de l'empire…

— Nous attaquerons à l'aube, décrète Tus.

Tu sais que ton père n'approuverait pas cette décision, mais pour le moment, tu tiens ta langue. C'est Tus qui commande. Pourtant…

Vas-tu suivre les ordres de ton frère et mener ton bataillon pour soutenir les troupes ? Ou vas-tu échafauder un plan afin d'éviter un bain de sang, en prenant le risque d'échouer et de causer la perte des tiens ?

Si tu obéis à ton frère, rends-toi au 74.

Si tu préfères suivre ton plan, continue au 3.

3

Au beau milieu de la nuit, l'armée se prépare à prendre la cité par la grande porte. Avec un petit groupe d'hommes, tu te faufiles vers l'est, le long de la muraille, muni d'une corde et de plusieurs grappins.

La sentinelle arpente le chemin de ronde au-dessus de toi. Il faut agir vite. Et sans bruit.

Vif comme l'éclair, tu escalades le mur... lorsqu'une flèche vient se planter entre les pierres. Pas de panique, ça fait partie de ton plan ! Bis, ton second, envoie une pluie de flèches, qui forment une échelle pour te faciliter la tâche.

Arrivé en haut, tu lances le grappin. Il atterrit avec fracas de l'autre côté.

Oh, oh... la sentinelle a dû l'entendre ! Ses pas se rapprochent. Il se penche et tombe nez à nez avec toi. Mais avant qu'il ait pu donner l'alerte, un poignard fend les airs et vient se ficher dans sa poitrine. Il bascule dans le vide.

Tu remercies silencieusement Bis avant d'enjamber le mur. Puis tu jettes la corde à tes hommes.

— Je peux savoir pourquoi on désobéit aux ordres de ton frère ? demande Bis, hors d'haleine, en te rejoignant.

— Parce qu'une attaque frontale causerait un vrai massacre. Passe-moi ton bouclier.

Il te le tend en répondant :

— Parfois, j'ai l'impression que tu veux tous nous faire massacrer !

Rends-toi au 27.

Tu te figes, la dague à la main, face au garde, brandissant son épée. Personne ne bouge.

— Prince Tus, commence Tamina, promettez-moi que vous serez clément envers les citoyens d'Alamut.

Ton frère réfléchit un instant avant de lui tendre à nouveau la main. Cette fois, elle la serre. Tout le monde applaudit. Tout le monde, sauf toi. Bizarrement, l'idée que la princesse épouse ton frère ne te réjouit pas...

Une fois la nuit tombée, Tus vient te rejoindre dans la cour où tu es en train de féliciter tes hommes pour leur victoire. Ils s'écartent en le voyant approcher, pour vous laisser seul à seul.

— Ils t'ont surnommé le Lion de Perse, annonce ton frère.

Tu le dévisages, méfiant. Est-il venu te faire la leçon pour lui avoir désobéi ce matin ?

— Tu n'as jamais été très doué pour suivre les ordres, Dastan, continue-t-il.

Tu fais la grimace.

— Je te dois des explications...

Il te pose la main sur l'épaule.

— Pas du tout. Viens avec moi célébrer la victoire !

Tu souris, soulagé qu'il ne t'en veuille pas.

— En revanche, reprend-il, puisque c'est toi qui as donné le premier assaut, la tradition veut que tu me remettes ton trophée.

Il désigne l'arme glissée dans ta ceinture.

— Une bien belle dague…

Rends-toi au 21.

5

Tandis que tu te faufiles dans une ruelle pour te joindre aux combats, tu entends un fracas de sabots. En te retournant, tu découvres un homme immense, chevauchant un étalon cuirassé. Il fonce droit sur toi !

Tu brandis ton épée tandis qu'il dégaine un cimeterre. Tu es coincé entre deux murs. Comment vas-tu te sortir de là ?

Tu cours vers le cheval lancé au galop, bondissant dans les airs au dernier moment. Tu prends appui sur les murs pour te jeter sur le cavalier surpris et le désarçonner. Vous tombez tous les deux en arrière.

Il fait volte-face, brandissant son cimeterre. Tu pares le coup. Les lames s'entrechoquent. C'est un adversaire habile et aguerri. Heureusement que tu manies bien l'épée. L'un de tes coups tranche un ballot de tissu accroché à sa ceinture, qui tombe à terre. Frappant à nouveau, tu es surpris que ton ennemi n'oppose pas de résistance : il est trop occupé à essayer de ramasser son précieux fardeau. Tu le touches, il s'écroule à genoux, tentant désespérément de récupérer le sac de toile, mais tu l'assommes avec le pommeau de ton épée.

Tandis que la bataille fait rage autour de toi, tu regardes le ballot. Qu'est-ce que ce morceau de tissu cache de si important pour que son propriétaire soit prêt à risquer sa vie pour le garder ?

Si tu t'agenouilles pour regarder à l'intérieur, rends-toi au 122.

Si tu continues ton chemin, rends-toi au 34.

6

Tu retrouves ta famille au sein du Grand Temple d'Alamut. Dès ton entrée, tu es ébloui par la magnificence des lieux. Mais ce n'est rien comparé à la beauté de la jeune femme que ton oncle et tes frères sont en train d'interroger.

Sa longue chevelure brune contraste avec sa robe pâle. Sur sa peau veloutée scintille une amulette.

— Princesse Tamina, nous savons que vous fabriquez en secret des armes pour les ennemis de l'empire persan, déclare ton oncle Nizam. Montrez-nous où cela se passe.

La princesse garde la tête haute. Ses yeux noirs et fiers brûlent de colère.

— Nous n'avons pas de forges clandestines. Vous avez vu cette nuit toutes les armes que nous possédons.

— Nos espions affirment le contraire, intervient Garsiv. Vous éviterez un nouveau bain de sang, si vous…

— Tout le sang du monde ne vous aidera pas à trouver quelque chose qui n'existe pas, le coupe Tamina.

Tus s'avance.

— Une souveraine aussi sage que vous verra sans doute qu'une alliance est dans son intérêt.

Unissez votre vie à celle du futur roi de Perse, propose-t-il en lui tendant la main.

— Plutôt mourir, réplique la princesse avec une moue de dégoût.

Tu te raidis. Elle ne se rend pas compte de la menace qui pèse sur elle.

— Très bien, reprend Tus. Que votre volonté soit faite.

Et il fait signe à son garde.

Sans réfléchir, tu tires la dague de ta ceinture. Surprenant ton mouvement du coin de l'œil, la princesse stupéfaite s'écrie :

— Attendez !

Rends-toi au 4.

7

Le lendemain, tu attends l'arrivée de ton père, entouré de tes hommes. Pour passer le temps, vous vous entraînez.

Tu fonces droit sur Bis. D'un bond, tu prends appui sur le mur pour le dépasser. Un pas, deux pas… et tu retombes par terre.

— C'est toujours le troisième le plus difficile, déclares-tu en riant avec les autres.

— Tu ne t'es pas écroulé dès le premier ?

Tu reconnais la voix de Tus. Il te tend la main pour t'aider à te relever.

— On a découvert des tunnels secrets à l'est de la ville. Je m'y rends de ce pas.

— Mais tu vas manquer le banquet !

— Vous vous débrouillerez très bien sans moi. Tu as prévu un cadeau pour Père ?

Tu secoues la tête. Oh non ! Comment as-tu pu oublier ? C'est pourtant la tradition !

Ton frère se met à rire.

— C'est bien ce que je pensais !

Il fait un signe à un serviteur qui te tend un paquet.

— Une tunique de cérémonie. Le roi appréciera. Tu t'es battu comme un lion pour moi, je te devais bien ça.

Tus remonte en selle et t'ordonne :

— Mon mariage avec la princesse nous assurera la loyauté des habitants d'Alamut. Mais si Père n'approuve pas notre union… tue-la de tes propres mains.

Tu en restes sans voix. Il te demande de la *tuer* ?

Rends-toi au 18.

8

— J'ai quelque chose pour toi, Père, dis-tu en lui tendant ton cadeau. Une tunique de cérémonie.

Sharaman la déplie et l'enfile aussitôt.

« Tus a bien choisi, penses-tu. Père a l'air ravi. »

— Que puis-je t'accorder en retour ? demande-t-il.

Tu lances un regard par-dessus ton épaule en adressant un petit signe au garde. Accompagné par Bis, ton second, il escorte la princesse dans la salle de banquet.

— Voici la princesse Tamina, annonces-tu. Tus veut unir nos peuples en l'épousant. Je souhaite du fond du cœur que tu approuves ce mariage.

Ton père se lève pour saluer la princesse.

— Au cours de mes nombreux voyages, jamais encore mon chemin n'avait croisé une cité d'une telle beauté.

— Dommage que vos imbéciles de guerriers l'aient saccagée, réplique-t-elle.

Sa voix résonne dans la pièce où, soudain, le silence s'est fait.

— Mais merci tout de même de l'avoir remarqué, complète-t-elle.

Par chance, ton père a l'air plus amusé qu'outragé. Mais soudain, son sourire se change en une grimace horrifiée. Il écarquille les yeux, pris de panique, tentant d'arracher le vêtement que tu viens de lui offrir.

— La tunique ! hurle-t-il. Elle me brûle !

Rends-toi au 12.

9

Tu entres dans la salle du banquet alors que la fête bat son plein : danseuses, musiciens, serveurs chargés de mets succulents. Et au beau milieu, ton père, le roi Sharaman, assis sous un dais.

Nizam s'approche de toi.

— Un jour, tu auras le plaisir d'être le frère du roi, Dastan. Du moment que tu n'oublies pas ton principal devoir, tout se passera bien.

— Et quel est-il ? demandes-tu.

— Faire en sorte que le verre du roi soit toujours plein.

Tu souris. C'est alors que ton père lève la main pour réclamer le silence.

— Un autre de mes fils a rejoint le rang des plus grands guerriers de Perse, annonce-t-il.

Tu t'agenouilles devant lui et il prend ton visage entre ses mains.

— Tu nous as manqué, Père, avoues-tu.

Le roi regarde son frère Nizam, avant de se tourner à nouveau vers toi.

— Le lien fraternel est l'épée qui défend notre empire. J'ai prié pour que cette épée reste solide.

Rends-toi au 30.

10

Juste avant le lever du jour, tu retrouves la personne que tu cherchais... Tamina. Tu t'approches d'elle sans bruit alors qu'elle dort aux pieds d'Aksh.

Tu lui reprends discrètement la dague pour la glisser dans ta ceinture, avant de la secouer sans ménagement.

La princesse fronce les sourcils.

— J'en déduis que votre oncle n'a rien voulu entendre.

Tu te laisses tomber à ses côtés.

— Pire ! J'ai vu qu'il avait les mains brûlées. Soi-disant parce qu'il a essayé d'ôter la tunique des épaules de mon père, mais je me souviens parfaitement qu'il n'a pas bougé d'un pouce.

— Alors les brûlures... ?

— Il a dû se blesser en empoisonnant le tissu. Ce n'est pas Tus, le meurtrier. C'est Nizam.

— Je suis désolée, fait la princesse.

— J'avais confiance en lui. Je croyais qu'il aimait mon père. Je me trompais.

Tu te lèves pour faire les cent pas.

— En réalité, il détestait avoir le second rôle, vivre dans l'ombre du roi. Il voulait la gloire et le pouvoir pour lui seul.

Tu lèves les deux mains en signe de désespoir.

— Mais je ne comprends pas. Il a tué mon père, mais même s'il possédait cette dague, cela ne ferait pas de lui le roi !

Tu te retournes vers la princesse. Tu sais qu'elle a la réponse à tes questions. Cette fois, tu es déterminé : elle va tout t'expliquer.

— Pourquoi ne voulez-vous rien me dire ?

Va au 103.

11

Soudain, une altercation éclate aux abords de l'enclos des autruches. Une bande de volatiles affolés s'élance sur la piste en poussant des cris discordants.

Tu entends des éclats de voix :

— Qui a ouvert l'enclos ?

— Quelqu'un a voulu truquer la course !

Les hommes commencent à se battre, tandis que les guerriers d'Amar se ruent sur la piste pour tenter de rattraper les bêtes.

Tu remarques alors Tamina, accoudée à l'enclos, un sourire satisfait aux lèvres. C'est elle qui a créé cette diversion !

Profitant qu'Amar et Seso regardent ailleurs, tu prends la fuite. Tu sautes par-dessus la clôture et fonces sur la piste de course, déterminé à récupérer la dague. Mais tu trébuches et tu t'étales de tout ton long !

Tu te relèves tant bien que mal, slalomant entre les autruches et ceux qui essaient de les rattraper. L'homme qui emporte la dague tente de se frayer un chemin dans la foule, brandissant l'arme afin de décourager d'éventuels assaillants. Tu la lui arraches tout en l'assommant d'un coup de poing.

— Le tunnel ! te crie Tamina.

Ensemble, vous vous engouffrez dans l'étroit passage. Amar et ses hommes sont à vos trousses. Mais bientôt, le bruit de leurs pas décroît, vous avez réussi à leur échapper !

Rends-toi au 91.

12

Les serviteurs tentent de lui ôter la tunique, en vain. Elle a, semble-t-il, été enduite d'un produit qui colle à la peau. Le roi hurle de douleur.

Ton frère Garsiv t'écarte pour lui arracher le vêtement.

— Aaaah ! Mes doigts ! gémit-il.

— Seigneur ! s'écrie Nizam. Elle est empoisonnée.

Tous les regards se tournent vers toi. Garsiv t'accuse :

— C'est Dastan qui la lui a donnée !

Tu restes pétrifié d'horreur.

— Dastan... pourquoi ? demande Sharaman dans un souffle.

— Père, non ! hurles-tu en tombant à ses pieds.

— Gardes, arrêtez-le ! ordonne ton frère. Arrêtez ce meurtrier.

— Fuyez, mon prince ! s'écrie Bis en t'aidant à te relever, avant de te pousser vers la porte.

Puis il laisse échapper un cri étranglé.

En te retournant, tu vois qu'une lance lui a transpercé le corps !

La mort de ton ami te tire brusquement de ta torpeur. Tu plonges ta dague dans la poitrine du garde qui l'a tué. Il s'effondre. Un autre se rue sur toi mais, soudain, il s'écroule. La princesse Tamina l'a assommé avec un vase. Ensemble, vous fuyez par une porte-fenêtre. Sautant du balcon, vous atterrissez dans une fontaine quelques mètres plus bas. *Splash !*

— Je sais comment nous tirer de là, déclare-t-elle.

Tu la dévisages, sans comprendre. Tu ne vois vraiment pas pourquoi elle voudrait t'aider.

Si tu décides de te débrouiller seul, rends-toi au 127.

Sinon suis-la au 13.

Pas le choix, tu es bien obligé de lui faire confiance.

— Il nous faut un cheval, dis-tu.

La princesse te conduit aux écuries royales où tu retrouves l'étalon de ton père, Aksh. Tamina monte derrière toi et, bientôt, vous traversez la ville au galop.

Vous chevauchez ainsi jusque tard dans la nuit. Finalement, tu t'arrêtes pour te reposer au bord d'un ruisseau, tandis que Aksh broute un peu d'herbe.

Trempant un instant la main dans l'eau, tu la regardes s'écouler en gouttelettes scintillantes.

— Cette eau vient de la rivière où ils baigneront son corps, murmures-tu.

— Vous pleurez le père que vous avez assassiné ? s'étonne Tamina.

Tu la toises, furieux.

— Je n'ai pas tué mon père.

La princesse plonge ses yeux dans les tiens.

— J'ai vu que vous étiez prêt à risquer votre vie pour moi.

Tu avoues, honteux :

— J'ai pourtant promis à mon frère de vous tuer plutôt que de vous laisser à un autre.

Elle se penche vers toi, frôlant presque tes lèvres.

— Quel dilemme.

Elle s'approche comme si elle allait t'embrasser... et tente soudain de prendre la dague ! Tu la repousses, mais elle saisit l'épée que tu avais glissée sous la selle d'Aksh, et la fait tournoyer au-dessus de ta tête. Tu l'évites de justesse.

Rends-toi au 15.

— Je suis bien content que tu aies été présent. Mais comment as-tu su que c'était moi, Yusef ?

— J'ai toujours suivi ce que tu devenais, explique-t-il. Et lorsque j'ai eu l'âge, je me suis engagé dans l'armée. J'ai même fait partie de ton bataillon pendant un moment.

Il sort une torche de son support, jetant une lueur dansante autour de vous.

— Où sommes-nous ? t'étonnes-tu. Comment connaissais-tu l'existence de cette trappe ?

— J'ai de la famille ici, à Alamut. Ils m'ont parlé de ce souterrain. Comme les tempêtes de sable sont fréquentes, on a creusé plusieurs tunnels sous la ville, au cas où.

Tu hoches la tête. Tu es soulagé d'être sain et sauf, mais si Yusef a de la famille dans la ville que tu es censé assiéger...

... ça pourrait bien être un piège. Mais ton ami semble vraiment heureux de t'avoir retrouvé. Et puis, il sait peut-être où les habitants d'Alamut fabriquent leurs armes…

Si tu préfères laisser Yusef et retourner au combat, va au 45.

Si tu décides de le questionner au sujet des armes, rends-toi au 33.

15

Tamina fait tournoyer l'épée au-dessus de sa tête. Tu siffles, Aksh se retourne brusquement, la faisant trébucher.

Elle t'arrache alors la dague. Tu te jettes sur elle pour la plaquer au sol et lui faire lâcher l'arme, qui roule sur le sol.

Elle se relève tant bien que mal et tente de la reprendre, mais tu es plus rapide.

Clic ! En refermant la main sur le manche, tu appuies sur une pierre précieuse. Une poignée de sable s'échappe de la dague.

Soudain, le temps se fige ! Tout semble tourner autour de toi. Ébahi, tu vois la scène se rembobiner. Ta bagarre avec Tamina se rejoue sous tes yeux, en sens inverse, jusqu'au moment où elle se penche vers toi pour t'embrasser.

Tu relâches le manche de la dague. Le sable cesse de couler. Le cours du temps reprend normalement.

— Quel dilemme ! répète-t-elle.

Et elle tente de s'emparer de la dague, mais cette fois, tu lui agrippes le poignet au vol.

— Essayez encore de me prendre mon arme et je vous casse le bras, menaces-tu.

— Encore ? s'étonne-t-elle.

Elle observe le manche de la dague.

— Oh non ! Vous avez utilisé le sable ! proteste-t-elle, furieuse.

— Pouvez-vous m'expliquer ce qui se passe, princesse ? demandes-tu en désignant la dague.

Rends-toi au 111.

Tu glisses la dague dans ta ceinture en riant :

— Nous n'aurions pas attaqué la ville pour un simple petit poignard ! Mais puisqu'il a une telle importance, je vais le montrer à mon oncle Nizam.

La princesse se relève tant bien que mal et se jette sur toi, essayant de te reprendre son arme.

— Non ! Arrêtez ! Vous ne savez pas ce que vous faites !

Tu la repousses si violemment qu'elle tombe à la renverse. Tu sautes sur ton cheval et tu détales au galop. Même si elle décide de te suivre, tu as une bonne longueur d'avance.

Tu dévales les sentiers sinueux à toute allure, persuadé qu'elle est à tes trousses. Elle a peut-être même appelé des renforts. Au cas où, tu tires la dague pour être prêt à te battre.

Tu tournes à angle droit et, soudain, ton cheval pile net au bord d'une falaise. Surpris, tu lâches la dague qui vole dans les airs et tombe dans le précipice.

— Bravo, mon vieux, fais-tu en lui tapotant l'encolure.

Tu as perdu la dague, mais ta bête t'a sauvé la vie.

Tu te penches au bord du fossé, cherchant l'arme des yeux. Pas moyen de la retrouver.

« Tant pis, ce n'était qu'un vulgaire poignard, penses-tu. Le monde continuera de tourner sans lui, pas vrai ? »

— Vous plaisantez ? s'exclame Tamina lorsque tu lui exposes ton plan. Personne ne s'aventure là-bas. C'est un vrai coupe-gorge.

— N'importe quoi !

Tu talonnes ton cheval qui passe devant la princesse.

— Vous allez me laisser toute seule ici au milieu de nulle part ? s'emporte-t-elle.

Tu poursuis ta route sans répondre.

— Noble Dastan ! insiste-t-elle d'un ton lourd de sarcasmes. Abandonner une femme sans défense en plein désert, c'est inscrit dans votre code d'honneur ?

Tu t'arrêtes en poussant un profond soupir.

— Donnez-moi la force de ne pas la tuer ! murmures-tu en l'aidant à monter en selle derrière toi.

Après des heures de chevauchée, vous faites enfin une pause. Tu ramasses une poignée de sable pour remplir le manche de la dague.

Tamina te regarde faire, amusée.

— Ce n'est pas le bon sable. Tu appuies sur la pierre précieuse, mais rien ne se produit.

— Et ce sable magique, vous en avez encore ?

— Bien sûr que non.

Tu la dévisages, tentant de savoir si elle est sincère.

— Comment pourrais-je m'en procurer ?
— Essayez donc de faire le poirier en comptant jusqu'à cent !

Rends-toi au 31.

— Un jour, je serai roi, Dastan, reprend Tus, et je devrai savoir si je peux te faire confiance. Est-ce que je peux compter sur toi ?

À contrecœur, tu hoches la tête.

Après son départ, tu te rends dans les appartements de la princesse.

— Je dois vous présenter au roi, Votre Altesse.

Haussant les sourcils, elle passe devant toi à grands pas. Ses yeux se posent sur la dague glissée à ta ceinture.

— Me voici donc escortée par le prince Dastan, le Lion de Perse. Quelle fierté de gagner sa renommée en écrasant une cité innocente… Enfin, quoi de plus normal pour un prince de Perse, brutal et sans cœur !

Surpris par la violence de ses paroles, tu parviens cependant à garder ton calme.

— Je suis moi aussi ravi de faire votre connaissance, princesse. Et si punir les ennemis de mon roi est un crime, je suis fier d'être un criminel.

— Vous vous croyez malin ?

C'en est trop pour toi.

— Ne faites pas l'erreur de me juger sans me connaître, répliques-tu.

Elle te jette un regard en biais.

— Je crains pourtant d'en avoir assez vu.

Un garde se tient à l'entrée de la salle.

— Surveillez Son Altesse, lui ordonnes-tu.

Puis en te retournant vers elle, tu ajoutes :

— Si vous en êtes capable, je vous suggère de montrer un peu d'humilité en présence du roi.

Rends-toi au 9.

19

Après avoir fui l'oasis, vous chevauchez à vive allure à travers le désert.

— On peut s'arrêter, maintenant, annonce cheik Amar. On est en sécurité.

Tu ralentis pour laisser les autres te rejoindre.

— Ils ne s'arrêteront pas, affirmes-tu. Ils poursuivent leur cible jusqu'à la mort.

— Mais de qui parles-tu ? s'étonne le cheik.

— Ces vipères nous ont été envoyées par les Hassansins, expliques-tu. L'un des sombres secrets de l'empire.

Les autres te regardent sans comprendre.

— Les Hassansins étaient des tueurs à la solde des rois perses. Mais mon père a ordonné le démantèlement de leur secte. Nizam a dû lui désobéir et il les a recrutés pour me tuer. On ne peut pas s'arrêter un seul instant.

— Toi, peut-être, mais nous si, rétorque Amar en faisant signe à ses hommes de faire demi-tour.

— Vous ne voulez pas nous escorter jusqu'au temple ?

Le cheik éclate de rire.

— Non seulement tu attires les ennuis comme une mangue pourrie, mais en plus, tu as perdu la tête !

Il commence à s'éloigner.

— Il y a de l'or au temple, intervient alors Tamina.

Amar se fige, visiblement tenté.

— Plus d'or que dix chevaux peuvent en porter, continue-t-elle. Il est à vous si vous nous aidez.

Amar ne va pas refuser une si belle offre ! Il fait signe à ses hommes de te suivre.

Chevauche jusqu'au 56.

20

Il faut que tu retournes auprès de la princesse. Tu fais en silence tes adieux à ton frère, désolé qu'il ait fallu en arriver là pour que vous preniez conscience de ce qui vous unissait, tous les deux. Lentement, tu te relèves.

Tu vois Tamina venir vers toi. Elle a l'air bouleversée.

— Désolée, murmure-t-elle.

Tu ne comprends pas tout de suite ce qu'elle veut dire.

— La dague ?

— Ils me l'ont arrachée, répond-elle.

Elle fixe le sol.

— Protéger la dague. Quel qu'en soit le prix, c'était mon devoir. C'était mon destin.

Elle semble sous le choc. Ce n'est plus la Tamina que tu as connue. Sans la dague, que devez-vous faire ?

Tu comprends brusquement que la mission des Hassansins était de s'emparer de la dague pour la rapporter à Nizam.

Et si tu te rendais à Nasaf ? Ton oncle a dû s'installer là-bas pour préparer son accession au trône. Il faut que tu l'arrêtes.

Mais Nizam est peut-être parti à Alamut pour percer le Sablier des Dieux ?

Si tu décides d'aller à Nasaf, va au 85.

Si tu choisis de te rendre à Alamut, va au 26.

21

Tu aimerais pouvoir garder la dague car tu sens que ce n'est pas un objet ordinaire. Mais tu n'as pas le choix. Tirant l'arme de ta ceinture, tu la tends à ton frère. Il l'admire à la lueur dansante des torches.

Nizam vous rejoint soudain.

— Il t'a livré sur un plateau la cité et sa princesse, Tus, lui rappelle-t-il. Je pense que c'est suffisant.

Tus regarde la dague, puis te la rend en haussant les épaules.

— Très bien, tu peux la garder.

Tu adresses un sourire reconnaissant à ton oncle.

— J'ai de bonnes nouvelles : votre père sera là demain, annonce alors Nizam.

Tu espères que Sharaman ne sera pas en colère que Garsiv et Tus lui aient désobéi en prenant la ville. Vu l'expression de ton frère, tu devines qu'il partage ton inquiétude.

Rends-toi au 7.

22

Il faut que tu arrives à convaincre ton frère.

— J'ai pu constater le pouvoir des Sables du Temps de mes propres yeux, insistes-tu. Si on n'arrête pas Nizam, le monde court à sa perte.

Tus te dévisage pour voir si tu dis la vérité. Petit à petit, son expression change… Oui, il te croit enfin !

Juste à ce moment-là, Nizam entre.

— Tiens, je vois que Dastan est de retour.

Lorsqu'il aperçoit la dague, ses yeux étincellent.

Il tire une épée et la plonge dans la poitrine de ton frère !

— Tus ! hurle-tu.

Maintenant, il se jette sur toi. Tu l'esquives, mais pas assez vite. Blessé au bras, tu lâches la dague. Un immense Hassansin la ramasse et la remet à son maître.

— Mon cher Dastan ! ricane Nizam. Tellement désireux de prouver que tu vaux plus qu'un misérable gamin des rues !

Puis il se retourne et quitte la pièce.

Tu veux le retenir, mais l'Hassansin t'en empêche.

Sur le balcon, Tamina pousse un cri.

Le tueur se retourne. Tu en profites : saisissant le chapelet de Tus, tu le passes autour du cou de l'Hassansin et tu serres de toutes tes forces… jusqu'à ce qu'il s'écroule sur le sol.

— Vite, filons ! Il faut arrêter Nizam avant qu'il atteigne le Sablier !

Rends-toi au 81.

23

— Je n'ai pas tué le roi Sharaman, je vous le jure, mon oncle !

— Bien sûr que non, répond-il en examinant la dague.

Il relève la tête, sourire aux lèvres, et ajoute :

— Mais ça n'a plus d'importance, maintenant.

— Comment ça ?

— Tu ne le sauras jamais, Dastan.

— Non ! proteste Tamina. Ne faites pas ça !

Nizam fond sur toi au moment où tu t'y attends le moins. Tu vacilles. Baissant les yeux, tu vois la lame de son épée plantée dans ton ventre. C'est la...

24

Il faut agir vite. Qui sait ce que prépare Nizam ? À tout instant, il peut se servir de la dague pour changer le passé. Il pourrait être monté sur le trône avant que tu aies eu le temps de faire éclater la vérité.

C'est une nuit sans lune, mais tu t'en moques : tu pourrais te rendre au palais les yeux fermés. Au contraire, dans ce noir d'encre, tu peux filer à travers la ville endormie sans être vu.

Entendant des pas derrière toi, tu te plaques contre un mur. Des sentinelles qui font leur tour de garde… Elles passent sans te remarquer. Tu cours jusqu'à un passage secret, une porte que tes frères et toi, vous utilisiez, enfants, pour éviter d'avoir à faire vos corvées ou vous échapper de la cour.

Tu cherches à tâtons la pierre qui l'actionne. Elle s'entrouvre avec un léger grincement. Tu la pousses pour te faufiler à l'intérieur.

Et tu te retrouves nez à nez avec trois soldats brandissant leur épée !

Rends-toi au 108.

25

Tu te rues hors de l'étable, pour tenter de rattraper Tamina. Sans la dague, impossible de convaincre ton oncle de ton innocence.

Elle est là, au bout de la rue ! Tu accélères. Tu la rejoins en quelques foulées alors qu'elle pousse une porte secrète donnant sur un passage sombre. Tu te dresses en travers de son chemin.

— Pas si vite, princesse. Rendez-moi la dague !

— Pas question !

Elle essaie de te repousser, en vain.

— Peut-être acceptera-t-elle de me la donner, à moi, fait une voix.

Tu te retournes pour découvrir que tu es encerclé par les soldats du roi. Nizam s'avance vers toi. Les gardes te ligotent.

Alors que Tamina tente de s'enfuir, l'un d'eux décoche une flèche qui lui transperce l'épaule droite ! Elle pousse un cri, trébuche, veut se relever, mais les soldats la retiennent.

Nizam lui arrache la dague.

— Voici donc l'objet de toutes les convoitises !

Rends-toi au 23.

Voyant à quel point Tamina est ébranlée, tu décides d'aller à Alamut en promettant d'une voix assurée :

— Nous allons récupérer la dague.

Cheik Amar et Seso se joignent à vous. Les adversaires d'hier sont devenus de fidèles compagnons. Ensemble, vous prenez la direction de la cité sacrée.

En arrivant, vous trouvez la ville en chantier. Sur les ordres de Nizam, les ouvriers creusent partout, pour mettre au jour des forges clandestines. Sans le savoir, ils sont en fait en train de chercher le Sablier du Temps.

Après avoir parlé avec son ancienne servante, Tamina te donne les dernières nouvelles :

— Ils ont accès au premier niveau de tunnels. Ton frère Tus est encore en ville. Nizam conserve la dague au Grand Temple, ajoute-t-elle en désignant un imposant bâtiment au centre de la cité.

— Alors allons-y !

File au 75.

27

Avec ton bouclier sur le ventre et celui de Bis sur le dos, tu formes une sorte de cuirasse. Puis tu cours pour tenter d'ouvrir la porte de l'intérieur. Mais les flèches pleuvent, les gardes ont dû vous entendre !

— Ripostez ! ordonnes-tu à tes hommes.

Tu redresses la tête, alerté par un sifflement dans les airs. Tu as juste le temps de lever ton bouclier alors qu'un flot d'huile bouillante tombe du ciel. Heureusement, tu es bien protégé !

Tu réussis à te frayer un chemin jusqu'à la tour de guet. Tu verses une cuve d'huile dans la rue en contrebas, puis arrachant une torche de son support, tu la jettes dans la flaque : un mur de flammes s'élève aussitôt !

Tu rejoins Bis et, ensemble, vous parvenez à forcer la porte. Ton bataillon s'engouffre dans la cité.

L'aube se lève à peine. Tes frères doivent être sur le point de lancer l'attaque, sans savoir que tu leur as ouvert la voie. Perché sur la muraille, tu leur fais signe.

La bataille commence.

Faufile-toi jusqu'au 5.

28

La tempête de sable t’aveugle peut-être, mais tu as encore toute ta tête. Pas question de suivre quelqu’un que tu ne vois même pas, alors que tu es en territoire ennemi. Ignorant la voix, tu continues à ramper.

Tu te couvres le visage avec ta chemise pour éviter de respirer trop de sable. Tu avances dos au vent. Finalement, tu décides de te rouler en boule, en espérant que la tempête va passer. En général, elles ne durent que quelques minutes, il faut tenir bon.

Le vacarme est assourdissant, des paquets de sable s’abattent sur toi, te recouvrant peu à peu. Tu ne peux plus respirer ! Tu es enterré vivant !

Frénétiquement, tu creuses, tu creuses pour sortir du sable, mais impossible. C’est la...

29

— Où sommes-nous tombés ? s'étonne Tamina en entrant dans le village.

Tu te poses la même question. Ces bâtiments ressemblent davantage à des baraquements de l'armée qu'à des maisons. Il y a une étable et un entrepôt, fermés à clef, mais pas un seul habitant en vue.

— Je n'aime pas ça..., murmures-tu.

Vous entendez des voix étouffées. Ça te rappelle les chants militaires que tu as appris durant ta formation.

— Qu'est-ce que c'est que ça ? demande Tamina en désignant le sol.

Ta gorge se serre. Tu reconnais immédiatement cette forme qui ondule sous le sable.

— Des vipères !

Dix têtes de serpent jaillissent du sol, dardant leur langue fourchue.

Va au 70.

30

Ton père est visiblement au courant que tu as désobéi aux ordres de Tus.

— Je sais, Père. J'ai voulu éviter de sacrifier nos troupes inutilement.

Sharaman acquiesce.

— Et tu as prouvé que tu étais un homme bon. Avec courage, tu es monté au front pour remporter la victoire sans trop de pertes. Mais un grand homme aurait tout fait pour éviter cet assaut. Un grand homme se serait élevé contre une décision qu'il estimait injuste. Autrefois, dans les rues de Nasaf, j'ai découvert un garçon promis à un grand avenir. J'espère que je ne me suis pas trompé.

Levant les yeux, tu croises son regard. Tu sens à quel point il t'aime et croit en toi. Dans un souffle, tu murmures :

— Je l'espère aussi.

Le roi sourit.

— Un jour, tu en seras sûr.

Rends-toi au 8.

31

Vexé, tu t'éloignes en tenant Aksh par les rênes.

— Voilà un prince perse qui a une très haute idée de sa petite personne ! Ça se voit même à sa démarche, commente-t-elle. Tête haute, torse bombé...

Elle t'imite mais tu l'ignores.

Ça ne l'empêche pas de poursuivre :

— On vous répète sans doute que vous êtes les plus forts dès la naissance. Et le pire, c'est que vous le croyez.

Tu ne peux pas en supporter davantage.

— Contrairement à vous, je ne suis pas né dans un palais. J'ai vu le jour dans le quartier le plus pauvre de Nasaf. J'ai dû me battre pour survivre.

Tamina te dévisage, stupéfaite.

— Un jour, le roi m'a tiré de la rue. Il m'a donné un avenir. Une famille. Un toit.

Tu serres les poings.

— Ma démarche est donc celle d'un homme qui vient de tout perdre.

Tu reprends ton chemin, sans te soucier de savoir si elle te suit.

Rends-toi au 89.

Par chance, les soldats n'ont pas l'idée de regarder en l'air. Ils filent au bout de la ruelle, persuadés que tu es parti par là.

Tu te laisses tomber à terre, avant de t'essuyer le front d'un revers de main.

Maintenant, il n'y a plus qu'une seule chose à faire : t'enfoncer dans le désert. Il faut à tout prix que tu retrouves quelqu'un.

Rends-toi au 10.

33

— On nous a informés que les habitants d'Alamut fabriquaient des armes dans des forges souterraines. Tu en as entendu parler, Yusef ?

Tu guettes avec attention sa réaction.

— Oui, c'est un bruit qui court, confirme-t-il, mais je n'ai pas plus de renseignements.

— Tu penses que c'est vrai ? insistes-tu.

Il hausse les épaules.

— Il y a des kilomètres et des kilomètres de tunnels sous la ville. Je n'en ai pas exploré la moitié. Quant à ma famille, ce sont des gens du peuple, ils ne sont pas au courant de ce genre de choses.

Dès que tu auras trouvé ces forges clandestines, tu pourras faire cesser le combat.

Tu lui donnes une claque dans le dos.

— Et si on partait à la recherche de ces armes, qu'en dis-tu, mon vieux ?

Yusef sourit.

— C'est toujours mieux que d'affronter une tempête de sable. Ou de rester assis là à attendre que ça se passe.

Tu décroches une torche de son support afin de suivre ton ami dans l'étroit tunnel.

Vous arrivez bientôt à une triple intersection.

— Celui qui continue tout droit mène vers

le centre-ville. Je n'ai jamais testé les deux autres.

Tu lèves ta torche pour essayer de voir dans les souterrains, mais en vain. La flamme vacillante projette des ombres dansantes sur les parois.

L'un des tunnels semble s'enfoncer plus profond sous terre, tandis que l'autre progresse parallèlement à la surface. Lequel dois-tu prendre ?

Si tu choisis celui qui va vers le bas, rends-toi au 42.

Si tu préfères prendre l'autre, va au 114.

34

Laissant le paquet par terre, tu files retrouver tes hommes. Ils ont besoin de toi.

En tournant dans une ruelle, tu tombes nez à nez avec un soldat d'Alamut… qui t'enfonce son épée dans le corps.

Le souffle coupé, tu tentes de la retirer, en vain. Son regard sera le dernier que tu croiseras. Tes frères devront livrer bataille seuls. Car pour toi, l'aventure touche à sa…

Il faut que tu arrives à convaincre ton oncle.

— Je vais vous expliquer...

Mais soudain, tu t'interromps, remarquant que Nizam est blessé.

— Vos mains sont brûlées, mon oncle ?

— Oui, j'ai essayé d'arracher la tunique empoisonnée des épaules de ton père.

Il y a quelque chose qui cloche, tu le sens.

— Ça va, Dastan ? s'inquiète-t-il.

Tu acquiesces distraitement.

— Tu en es sûr ? insiste-t-il. Tu sais que tu peux me faire confiance, mon garçon.

Tu le regardes bien en face. Il te sourit.

— Comment mon propre frère a-t-il pu me trahir ainsi ? demandes-tu.

Nizam te pose la main sur l'épaule.

— Je l'ignore, Dastan. Pour lui, tu n'étais sans doute qu'un moyen d'accéder à ses fins.

Tu fronces les sourcils. Tu te rappelles soudain ce que ton oncle t'a confié au banquet. Tu murmures :

— Quelqu'un qui remplirait son verre quand il est vide.

Les pensées se bousculent dans ton esprit.

— Mon oncle, savez-vous combien de fois le roi m'a raconté comment vous l'avez sauvé des griffes du lion ? C'était son histoire favorite.

— Parmi tant d'autres, réplique-t-il avec un moue de mépris.

— Non, c'était vraiment celle qu'il préférait, affirmes-tu.

— Je ne comprends pas où tu veux en venir, déclare ton oncle.

Rends-toi au 83.

36

Malgré le ton sérieux de Tamina, tu éclates de rire.

— Un grand destin ? Je ne crois que ce que je vois, réponds-tu.

— Alors vous êtes myope... et sourd ! Vous n'entendez pas l'appel du destin ?

— Quand vous aurez survécu au froid, à la faim, à la misère, on reparlera du destin !

— Je sais ce que les Dieux attendent de moi, affirme-t-elle. Et j'y consacre ma vie.

Elle rejette sa longue chevelure brune en arrière avant de continuer :

— Dastan, j'ai perdu mon palais, ma cité... je comprends ce que vous ressentez. Mais je vous en conjure, cessez de ruminer le passé, tournez-vous vers l'avenir. Nous savons ce que vous étiez, mais qu'êtes-vous censé devenir ?

Tu la regardes, pensif, tandis que ses mots font leur chemin dans ton esprit.

— Vous avez sans doute d'autres ambitions que de suivre cette procession et de vous faire décapiter, non ? insiste-t-elle.

Tu prends une profonde inspiration, pour réfléchir calmement.

Et si elle avait raison ? Et si ton destin était vraiment d'escorter la dague au temple des Gardiens ? Mais alors tu ne pourrais pas laver ton honneur, te disculper de la mort de ton père. Et si elle se trompait...

Si tu décides de te rendre au temple des Gardiens, va au 115.

Si tu préfères pénétrer dans la cité d'Avrat pour tenter de retrouver ton oncle, va au 41.

37

— Les Hassansins n'existent plus, affirme Garsiv.

L'un de ses lieutenants fait alors irruption dans la maison.

— Quatre morts, chef, annonce-t-il. Et il y en a d'autres dans le village.

Ton frère hoche la tête, mais ne baisse pas son épée.

— Nizam veut me faire taire. C'est pour ça qu'il veut me tuer : pour éviter un procès public.

Tu sens que tu as réussi à capter l'attention de ton frère.

— C'est bien ce qu'il a dit, n'est-ce pas ?

Garsiv ne répond pas.

— Je sais que les choses n'ont jamais été faciles entre nous. Mais nous sommes frères.

— Comme c'est touchant ! lance-t-il, sarcastique. Surtout quand on sait que j'ai ma lame contre ton cou.

— Avant de mourir, notre père m'a dit : « Le lien fraternel est l'épée qui défend notre empire. » Il souhaitait que ce lien reste solide.

Garsiv fronce les sourcils.

— Notre oncle voulait qu'on te tue. Mais Tus a ordonné que tu sois capturé vivant.

— Nizam a engagé les Hassansins pour m'éliminer, il craint ce que je pourrais dire.

Garsiv range son épée.

— Raconte-moi tout, Dastan.

Tchak ! Tchak ! Tchak !

Trois longues pointes métalliques transpercent la poitrine de ton frère.

Va au 102.

38

Quelques heures plus tard, tu traverses la vallée désertique en compagnie de cheik Amar et de ses hommes.

Soudain, tu tends le bras pour désigner une silhouette juchée sur un cheval, à l'horizon.

— Là-bas !

Les cavaliers s'élancent au galop et la rattrapent sans difficulté. Tamina a l'air furieuse. Elle saute de cheval et dégaine ton épée.

Mais elle n'est pas de taille face aux hommes d'Amar ! Ce dernier se tourne vers toi.

— Tu as raison. Elle est jolie. Marché conclu.

Tamina te lance un regard assassin lorsque tu t'approches pour lui reprendre la dague et la glisser à ta ceinture. Tu as encore le crâne endolori.

— À malin, malin et demi, lui glisses-tu.

Rends-toi au 67.

39

Tous deux déguisés, vous arrivez sans encombre à Avrat, où ont lieu les funérailles du roi. Comme tu l'avais espéré, personne n'a prêté attention à deux femmes voyageant ensemble.

— Savez-vous où trouver votre oncle ? demande Tamina. Nous sommes dans une ville perse. Je ne connais pas les coutumes de votre peuple.

— Je ne suis jamais venu ici, avoues-tu, mais la plupart des gens vont dans cette direction.

Vous vous mêlez à la foule dans les ruelles pavées menant au cœur de la cité. Ils s'engouffrent tous dans un grand bâtiment.

— C'est là qu'ils prépareront le corps, expliques-tu.

En regardant autour de toi, tu réalises qu'il n'y a pas de dignitaires, seulement des travailleurs.

Lorsque vous voulez entrer, un homme vous arrête :

— Les servantes passent par l'autre porte.

Tu le dévisages, stupéfait, avant de te rappeler que tu es déguisé. Le plan a fonctionné mieux que tu ne l'espérais !

Rends-toi au 64.

Tu préfères ne pas te précipiter. Mieux vaut s'informer d'abord. Après tout, si Nizam ne se trouve pas là, il faut que tu saches où il est parti.

Tu te rends dans un des quartiers les plus pauvres de la ville. Tu connais ces rues comme ta poche : c'est là que tu as grandi. Tu cherches la famille de Bis. Ton second est mort en te sauvant la vie et tu tiens à leur dire qu'il était courageux et que tu es fier d'avoir été son ami. Tu sais que tu peux leur faire confiance.

En arrivant devant la misérable cahute, tu tends l'oreille avant de frapper doucement à la porte. Il est tard et, par chance, les rues sont désertes. Personne n'a dû te voir.

La porte s'entrouvre, et tu aperçois la sœur de Bis.

— Oui ?

En te reconnaissant, elle pousse un cri.

Tu lui plaques la main sur la bouche. Tu t'introduis dans la cabane avant de refermer la porte derrière toi.

— Désolé, fais-tu en la relâchant. Mais personne ne doit savoir que je suis là.

— Tu… tu es un assassin ! souffle-t-elle.

Rends-toi au 125.

41

— Quel que soit mon destin, si vous tenez à votre précieuse dague, vous allez devoir m'aider à pénétrer dans Avrat, affirmes-tu en regardant la princesse droit dans les yeux.

Tu te moques qu'elle désapprouve ta décision, tu dois à tout prix voir Nizam pour tout lui expliquer.

Quelques instants plus tard, Tamina et toi avancez dans la foule. Soudain, tout le monde s'agenouille. Un murmure s'élève sur le passage du cortège qui transporte le corps de ton père. Tu aperçois Nizam, chevauchant en tête, mais pas Tus.

Il ne viendra pas, comprends-tu soudain.

— Vous m'avez bien dit qu'il restait du sable magique, caché quelque part dans votre cité, n'est-ce pas ? demandes-tu à Tamina.

À contrecœur, elle hoche la tête.

— C'est pour ça que Tus est resté là-bas. Il fait fouiller toute la ville.

Tu te retournes vers la tête du cortège.

Tu dois donner rendez-vous à ton oncle pour tout lui raconter. Lui dire que c'est Tus, et non toi, qui a tué le roi.

Rends-toi au 55.

42

— Ils ont sans doute caché leurs forges le plus profondément possible, dis-tu. Prenons celui-ci.

Tu t'engages dans le tunnel sombre qui s'enfonce sous terre. D'autres sont passés par là avant vous, le sol est jonché de détritus : quelques bouteilles, des lambeaux de vêtements, des ossements.

Yusef s'accroupit, approchant sa torche du sol, puis se redresse aussitôt.

— Des os de faisan, déclare-t-il. Quelqu'un vient de faire un pique-nique.

Tu continues, le cœur battant. Au bout d'un moment, le tunnel s'élargit. Des signes sont gravés dans le mur.

— Ça a l'air ancien, remarques-tu.

— Oui, confirme ton ami, la ville existe depuis des milliers d'années.

— Mais quelqu'un a mangé ici il y a peu de temps….

Soudain, tu fais signe à Yusef de s'arrêter.

Tu entends des voix un peu plus loin, au tournant.

Va au 112.

43

Est-il possible que le roi Sharaman, l'homme que tu as toujours appelé « Père », et qui te considérait comme son fils soit en colère parce que c'est toi qui as survécu ? Son fils adoptif et non ses fils de sang ?

— On peut peut-être arranger les choses, suggère Nizam. Si on arrive à prouver qu'il y a des armes dans cette ville, ton père comprendra que nous étions obligés d'attaquer.

— Oui, mais comment faire ?

— Convaincs ton père de poursuivre les fouilles.

— Vous l'avez entendu ! protestes-tu. Je n'ai pas assez d'influence sur lui.

— Tu sous-estimes ton pouvoir de persuasion, affirme ton oncle.

Il réfléchit un instant avant de reprendre :

— Il y a une autre possibilité. La princesse Tamina a disparu. Mes espions m'ont informé qu'elle se cachait quelque part dans la ville. Trouve-la et nous la forcerons à avouer.

— Mais pourquoi serait-elle encore là ? Elle doit avoir quitté Alamut !

Nizam détourne les yeux.

— Les femmes sont des êtres imprévisibles.

Il en sait visiblement plus qu'il ne veut

l'avouer, mais tu n'insistes pas. Tu es bien trop bouleversé par toute cette histoire pour te soucier des fantaisies d'une princesse.

— Alors, que décides-tu ? te questionne ton oncle.

Si tu veux essayer de convaincre ton père de poursuivre les fouilles, va au 126.

Si tu préfères tenter de retrouver la princesse, rends-toi au 72.

44

Ton air stupéfait amuse beaucoup le cheik.

— J'ai exploité la réputation de cet endroit pour échapper à une obligation à laquelle doivent se plier tous les habitants de cet empire : les impôts.

Tu le dévisages, les yeux écarquillés, persuadé qu'il plaisante. Mais il est très sérieux.

— Tu crois peut-être que mes joueurs veulent remporter le pactole pour en donner la moitié à un vaurien d'inspecteur ? Pas question ! Alors j'ai fait courir le bruit que cette vallée était un vrai coupe-gorge. Comme ça l'inspecteur des impôts nous laisse tranquilles, mes clients et moi. Et tout le monde est content.

Les autruches franchissent la ligne d'arrivée. La moitié des spectateurs pousse des hourras tandis que les autres sifflent. Une bagarre éclate. Les hommes d'Amar interviennent aussitôt pour calmer le jeu.

Amar hausse les épaules.

— Évidemment, il y a quelques accrochages… Tout ce petit monde s'emporte facilement !

Rends-toi au 98.

45

— Je dois retourner auprès de mes hommes, annonces-tu. Je crois que la tempête est passée.

— Tu es sûr ? C'est encore risqué, te prévient Yusef.

Tu pousses la trappe et passes la tête dehors.

— Parfait ! La voie est libre !

En te hissant hors du trou, tu découvres que tu es juste au pied de la muraille d'Alamut. La bataille fait rage, tu l'entends : choc des épées, hennissement des chevaux affolés, cris de douleur.

Tu tires aussitôt ton épée. Tu espères que tes hommes ont survécu à la tempête de sable et que tes frères ont réussi à pénétrer dans la ville. Tout ça, sans toi.

Les portes ont été forcées. Tu t'engouffres à grands pas dans les rues écrasées par le soleil, prêt à te battre.

Rends-toi au 120.

46

— Tamina !

Paniqué, tu t'agenouilles auprès d'elle.

— Tamina, vous m'entendez ?

Pas de réponse. Tu te retournes pour prendre une couverture quand… *Vlan !*

Tu ignores avec quoi elle t'a frappé mais un voile noir tombe devant tes yeux.

Alors que tu t'écroules, assommé, elle réplique :

— Oui, Dastan, j'ai entendu !

Va au 92.

Les lames s'entrechoquent. La bataille fait rage. Autour de toi, tout n'est plus que sang, terre, fer, cris de douleur. Brandissant une épée dans chaque main, tu donnes des coups, à droite, à gauche, en tous sens, sans quitter des yeux l'Hassansin qui a une cartouchière en travers de la poitrine.

Tu lui portes un coup d'épée fatal. Alors qu'il s'écroule, tu lui arraches son arme. Tu lances une grenade, permettant à Amar d'échapper de justesse à son adversaire.

Tu t'apprêtes à en envoyer une autre, lorsque tu remarques que la princesse a disparu.

— Tamina ! hurles-tu, paniqué.

— Pars à sa recherche, ordonne Amar.

Tu te rues à l'intérieur de la ferme, mais Tamina n'y est pas. Tu entends du bruit au-dessus de ta tête. Tu ressors aussitôt pour te hisser sur le toit.

C'est alors que tu aperçois une faille dans la paroi rocheuse qui entoure le village.

Oui ! Tu l'as trouvée ! Voilà l'entrée secrète du temple des Gardiens !

File au 124.

48

« C'est étrange, penses-tu. Que vient faire ce sable dans le manche de la dague ? »

Encore plus bizarre, tu vois soudain défiler des images devant toi. Ta bagarre avec cette femme se rejoue sous tes yeux.

— C'est pas vrai ! s'exclame-t-elle.

Exactement ce qu'elle vient de dire une minute auparavant !

Tu lèves l'arme dans les airs.

— Cette... cette dague permet de... de remonter le temps ! bafouilles-tu.

— Rendez-la-moi ! hurle-t-elle.

Mais, avec sa cheville foulée, elle ne peut pas se jeter sur toi. Tu fais volte-face pour prendre la fuite. Il faut que tu montres cet objet à tes frères. Il pourrait faciliter l'invasion.

En sortant du tunnel, tu débouches en plein cœur de la cité... où a eu lieu un véritable massacre.

Tes deux frères sont morts. Les combats ont fait de nombreuses victimes dans les deux camps. Tu apprends que la nouvelle a tellement bouleversé ton père que son cœur a lâché. Il est mort lui aussi.

Tu baisses les yeux vers la dague. Il n'y a qu'une chose à faire. Tu appuies sur la pierre précieuse pour remonter le temps et faire des choix différents.

Avec un peu de chance, cette fois, tu t’en sortiras mieux.

Retourne au 2.

49

Tout le monde s'arrête de danser et s'assied pour manger. Durant le repas, tu sens qu'on épie tes moindres mouvements. Tamina s'entretient à voix basse avec différents membres du groupe, mais tu ne comprends pas ce qu'ils se disent. Tu es soulagé lorsque arrive l'heure du coucher.

Tu te réveilles avec une terrible migraine. Sans doute cette tisane qu'ils t'ont fait boire ? Tu veux te lever pour te laver le visage, mais impossible ! Tu as les pieds et les mains liés. Tu cries :

— Tamina !

Aussitôt, les Shakshi t'encerclent.

— Où est Tamina ? demandes-tu. Détachez-moi !

Le chef s'avance, agitant une crécelle sous ton nez. Un murmure d'excitation parcourt le groupe.

Brusquement, tu comprends ! La princesse t'a trahi ! Elle leur a dit que tu étais un démon et que tu la retenais prisonnière !

Tu te débats pour te libérer de tes liens tandis qu'ils chantent et dansent autour de toi, pratiquant un rituel sacré.

Quand le chef se dresse devant toi, brandissant un sabre à deux lames aiguisées, tu as juste le temps de comprendre que c'est la...

FIN

50

De violentes secousses ébranlent la Chambre Sacrée. Le sol se fissure et s'ouvre sous tes pieds. Tu as tout juste le temps de t'accrocher à une colonne en espérant qu'elle ne s'écroulera pas.

Les murs s'effondrent, tu aperçois le bleu du ciel. Mais Nizam n'abandonne pas. Déterminé à atteindre le Sablier, il zigzague entre les éclats de pierres.

— Il faut l'arrêter ! hurle Tamina.

Elle est cramponnée à un parapet, suspendue au-dessus du vide. Tu dois la secourir !

— Non, c'est ton destin qui se joue, Dastan ! Ne te soucie pas de moi !

Un regard en arrière t'apprend que Nizam est arrivé au Sablier. Il plonge la dague dans le verre ! Tu fais un saut périlleux par-dessus une large faille et tu atterris à côté de Nizam juste au moment où il appuie sur la pierre précieuse. Tu lui arraches la dague, mais il s'agrippe à ta main et le sable commence à s'écouler hors du Sablier.

Le temps remonte tandis que tu essaies de te dégager de son emprise.

Rends-toi au 131.

51

Tu préfères rester concentré sur ton adversaire. Tu tenteras de retrouver tes frères une fois que tu t'en seras débarrassé.

Tu pares ses coups un à un. Tu sens qu'il fatigue. Ses forces s'épuisent, ses gestes sont moins précis. C'est le moment que tu choisis pour frapper à nouveau. Il dévie le coup, mais tu l'as blessé. Il lâche son arme en se tenant le bras. Dans un flot de sang, il tombe à genoux.

Soudain, un cri retentit sur la muraille :

— L'armée perse bat en retraite ! Nous avons bien défendu notre cité !

Tu lèves la tête. Les archers lèvent triomphalement leurs armes.

C'est impossible !

— On a gagné ! hurle un soldat alamutien.

La nouvelle de la victoire se propage dans toute la ville. Ton adversaire sourit malgré la douleur.

— Tu arrives trop tard, hein, Perse !

Il faut vite que tu sortes de là.

Va au 58.

52

Deux jours plus tard, ton père arrive à Alamut. Ton oncle a chargé les soldats de creuser un peu partout dans la ville à la recherche des armes. Tu ne t'es pas encore remis de la triste nouvelle lorsque Sharaman vous convoque, Nizam et toi, dans les appartements royaux qu'il occupe au palais.

— Je tenais à ce qu'on épargne cette cité, je l'avais pourtant bien spécifié ! rugit le roi. Et voilà que je découvre un vrai massacre !

— J'ai essayé de leur dire..., commences-tu.

Il te coupe, les yeux étincelants de colère :

— Ne reporte pas la faute sur tes pauvres frères. Il n'y a pas plus lâche que d'accuser ceux qui ne sont plus là pour se défendre. Tu me dis que tu as « essayé », il fallait réussir !

Sharaman se tourne alors vers Nizam :

— Cessez immédiatement les fouilles. Nous avons causé assez de dommages dans cette cité sacrée.

Et sur ces mots, il quitte la pièce, furieux.

Alors que tu gardes les yeux rivés au sol, tu sens le regard de ton oncle posé sur toi.

— Il a été trop dur avec toi, mais il est vrai que...

— Il est vrai que quoi ? le questionnes-tu.

Il hésite, mal à l'aise.

— Tus et Garsiv sont morts, alors qu'ils étaient...

— ... ses deux seuls vrais fils, complètes-tu à sa place. Contrairement à moi.

Nizam hoche tristement la tête.

Va au 43.

— Je suis Dastan, prince de Perse, annonces-tu. Enfin, je l'étais encore il y a un ou deux jours.

— Prince on naît, prince on demeure, réplique Tamina.

— Pas si le prince a perdu ce qui comptait le plus pour lui.

— Mais vous avez remporté la bataille, dit-elle d'une voix dure. En massacrant mon peuple. Les Perses occupent ma cité.

Tu secoues la tête.

— Je voulais éviter ce bain de sang, mais mes frères ne m'ont pas écouté. Ils sont morts au combat. Je les ai perdus, et j'ai perdu la bienveillance de mon père dans le même temps.

— Mon peuple a perdu bien davantage ! s'emporte Tamina. Tout ça pour rien ! Un tissu de mensonges !

Qu'est-ce qu'elle raconte ?

— Nous vous avons attaqués parce que vous fabriquiez des armes pour nos ennemis !

— Nous n'avons jamais rien fait de tel. Vous ne trouverez pas d'armes cachées à Alamut !

— Pourquoi nos espions nous auraient-ils menti ? Pourquoi mon oncle Nizam perdrait-il son temps à chercher des forges qui n'existent pas ?

Tu remarques qu'elle a posé la main sur la poignée de sa dague, les yeux étincelants.

— Que savez-vous exactement ? demandes-tu.

Rends-toi au 76.

Tu entends alors un bruit étrange, une sorte de sifflement. Levant ta pelle comme un bouclier, tu bloques trois pics en métal.

C'est l'Hassansin qui a tué ton frère Garsiv ! Tu charges sans réfléchir.

Il t'envoie une seconde volée d'aiguilles. Tu sautes pour les éviter. Et tu abats ta pelle sur la tête de ton adversaire.

Il titube. Tu le contournes. La dague est à moins d'un mètre !

Mais l'Hassansin retrouve vite ses esprits. Il te lance de nouveaux projectiles. Cette fois, tu bondis pour prendre appui sur le mur et tu te jettes sur lui, lui envoyant tes deux pieds en pleine poitrine.

Puis tu tires ton épée, et tu la lui plonges en plein cœur. Il écarquille les yeux, surpris, et s'effondre. Tu as réussi !

Avant qu'un autre homme de main de Nizam ne débarque, tu t'empares de la dague et tu sautes par la fenêtre.

Atterris au 113.

Plusieurs heures plus tard, tu attends dans une étable, un peu à l'écart de l'agitation de la ville. Tamina fait les cent pas dehors, surveillant les environs. Un homme drapé dans une cape te rejoint.

— Tu es imprudent, Dastan, murmure ton oncle Nizam.

Tu sais que c'était risqué, mais tu es content qu'il soit au rendez-vous.

— Je n'ai pas tué mon père, annonces-tu. Vous savez bien que j'en suis incapable.

— Ta fuite prouve le contraire.

— Je n'avais pas le choix, te défends-tu. C'est Tus qui m'a donné la tunique après l'avoir empoisonnée !

— Dastan..., commence ton oncle.

Mais tu l'interromps :

— Cette histoire d'espion n'était qu'un prétexte. Tus veut le pouvoir, c'est pour cela qu'il a tué le roi et m'a fait accuser du meurtre. Et en ce moment même, il retourne la ville pour trouver du sable magique.

Nizam n'a pas l'air convaincu.

— C'est pour ça que tu m'as fait venir ici ? Pour me parler de magie ?

— Mon oncle, vous vous souvenez, après

la prise d'Alamut ? insistes-tu. Tus voulait me prendre ma dague et vous l'en avez dissuadé.

Nizam acquiesce.

— C'est pour ça qu'il a envahi la ville. Cette dague possède d'incroyables pouvoirs.

Rends-toi au 63.

56

Quelques jours plus tard, vous arrivez aux abords d'une vallée noyée dans la brume. De simples maisons en pierre sont bâties à flanc de montagne.

Vous avez réussi !

Amar a l'air déçu.

— Où sont les statues en or et les cascades ?

Tamina sourit.

— Si les richesses étaient exposées à tous les regards, ce ne serait plus un temple secret.

Alors que vous traversez le petit village, tu demandes :

— Vous êtes l'une des descendantes de la jeune fille à qui nous devons tous notre salut, n'est-ce pas ?

— Nous sommes chargés de garder la dague, acquiesce-t-elle. C'est un devoir sacré, transmis de génération en génération.

Tu l'observes, comprenant soudain le poids qui pèse sur ses épaules.

— Et vous ? Que savez-vous de vos véritables parents ?

Tu réponds aussitôt :

— Sharaman était mon vrai père.

Tu avales ta salive, hésitant à poursuivre.

— Avant de mourir, il m'a demandé d'être

plus qu'un homme bon. De devenir un grand homme.

— Il vous savait promis à un grand destin.

Tu lui tends la dague.

— Attention à ne pas vous couper, princesse.

Tamina la prend en souriant. Tu es heureux que la dague soit à nouveau entre les mains de sa gardienne.

Rends-toi au 118.

Au dernier moment, tu sautes par-dessus un étal chargé de marchandises et tu atterris au milieu des badauds affolés. Tu soulèves une table pour t'en servir comme d'un bouclier.

Tchak ! Une flèche se plante dans le bois. Tu poursuis ta route, renversant tout sur ton passage pour gêner la progression des soldats. Puis tu te faufiles dans une ruelle étroite.

Des pas résonnent dans ton dos. Tu es hors d'haleine. Jamais tu ne vas réussir à les semer !

Tu inspires profondément avant de bondir, prenant appui avec tes deux mains et tes deux pieds sur les murs opposés. Mais combien de temps vas-tu pouvoir tenir comme ça, suspendu au-dessus de la chaussée ? Des gouttes de sueur perlent sur ton front.

— Par ici ! lance un soldat en s'engouffrant dans la ruelle.

Va au 32.

58

Tu fais volte-face pour courir vers la porte de la ville, mais tu tombes nez à nez avec un bataillon de soldats alamutiens qui escortent leurs prisonniers perses vers un camp de travail.

Ils ont vite fait de te ligoter et tu rejoins le rang des prisonniers.

Pas moyen de t'échapper. Tu vas passer le restant de tes jours à suer sang et eau pour tes ennemis.

Après une longue chevauchée à travers le désert, Tamina tend le bras vers un îlot de verdure.

— Une oasis. Nous sommes bénis des dieux, murmure-t-elle.

Tu sautes à terre pour conduire Aksh au bord d'une mare d'eau claire. Puis, la princesse et toi remplissez vos gourdes. Vous entendez alors un bruissement. Une autruche sort des buissons et vous regarde avec ses gros yeux ronds. Vous êtes aussi surpris qu'elle.

Tu te retournes aussitôt, la main sur la poignée de ton épée, mais trop tard. Un homme se dresse devant toi, tandis que ses compagnons émergent des fourrés. Tu le reconnais, c'est le cheik Amar. Tu l'as déjà croisé, et vous ne vous êtes pas quittés en bons termes…

— Nous n'avons pas eu le temps de nous dire au revoir, la dernière fois, déclare-t-il d'une voix posée. C'est dommage.

Ses hommes t'encerclent. Le plus grand, Seso, te confisque ton épée ainsi que la dague.

— Nous te cherchons depuis des jours, reprend le chef.

Dans son dos, tu remarques quelque chose d'étrange. Un tourbillon de sable s'élève des dunes.

Amar suit ton regard.

— Un derviche des sables, Perse. Dans le désert, c'est aussi courant que les chameaux.

— Cheik Amar, écoutez-moi.

Sans répondre, il fait signe à ses hommes.

Aussitôt, ils te ligotent et te bâillonnent. Tamina subit le même sort.

Rends-toi au 119.

Alors que tu crois ta dernière heure venue...

— Ogav ! s'écrie Yusef en passant devant toi. Qu'est-ce que tu fabriques ici ?

Le dénommé Ogav paraît surpris.

— Yusef ! Et toi, qu'est-ce que tu fais là ?

— Nous avons été pris dans une tempête de sable et nous nous sommes retrouvés ici en cherchant un abri, explique-t-il avant de se tourner vers toi. Ogav est un de mes cousins. Ogav, je te présente...

— Shazar ! le coupes-tu. Un vieil ami.

Yusef te jette un regard perplexe. Il a sans doute toute confiance en son cousin, mais en tant que prince de l'armée ennemie, tu préfères ne pas prendre de risques.

Les deux autres hommes se lèvent. Yusef ne semble pas conscient de la tension qui règne dans la pièce. Il s'avance, intrigué, en demandant :

— Où sommes-nous ?

— C'est un trésor antique, coupe Ogav. Il y en a pour une fortune.

Il passe derrière vous deux.

— Jusqu'à maintenant, nous étions les trois seuls à connaître son existence.

Tu sens son souffle sur ta nuque et ça ne te plaît pas.

— Et on aimerait que ça reste le cas, ajoute Ogav d'un ton hargneux.

Choisis-tu d'assommer Ogav, en espérant que Yusef peut se charger des deux autres ? Va au 62.

Ou préfères-tu prendre la fuite ? Cours au 61.

— Je ne suis pas un homme bavard, et j'ai peu d'amis, déclares-tu en reculant lentement. Alors si vous voulez que ce trésor reste secret, ce n'est pas un problème.

Brusquement, tu fais volte-face en leur lançant ta torche à la figure.

— Cours ! hurles-tu.

Yusef et toi, vous détalez à toutes jambes, mais leurs pas lourds résonnent dans votre dos. Le souterrain bifurque devant vous.

— Mieux vaut qu'on se sépare, ça leur compliquera la tâche.

— Bonne idée, fait Yusef, hors d'haleine.

Il file sur la gauche tandis que tu prends le tunnel de droite. Quelques secondes plus tard, tu entends à nouveau des pas derrière toi. Il semble qu'ils t'aient tous suivi.

« Au moins, Yusef devrait s'en tirer », penses-tu.

Tu fonces à l'aveuglette car cette portion du souterrain n'est pas éclairée. Tu te cognes dans le mur à une nouvelle intersection. Le choc te coupe la respiration. En reprenant ton souffle, tu te penches pour voir au tournant. Tu distingues la lueur d'une torche un peu plus loin.

Vas-tu la prendre ? Ce serait beaucoup plus

pratique pour te repérer dans les tunnels.

Le problème, c'est que la lumière permettra aussi à Ogav et à ses compagnons de te localiser.

Si tu décides de prendre la torche, va au 129.

Si tu préfères la laisser où elle est et continuer dans l'obscurité, tâtonne jusqu'au 71.

Tu réagis en un éclair. Un coup de coude dans la gorge, et Ogav tombe à genoux.

— Yusef ! Ton arme ! hurles-tu.

Tu tires ton épée et il t'imite.

Mais au lieu d'affronter les deux hommes, il se retourne vers toi.

— Yusef !

— Désolé, prince. Je sais que je vous dois la vie, mais les liens du sang sont plus forts que l'amitié.

— Tu veux dire que l'attrait de l'or l'emporte sur la loyauté !

Il hausse les épaules. D'un coup de pied habile, tu le désarmes. Tu sautes et frappes à nouveau, visant cette fois sa tête. Il tombe à la renverse, assommé.

Les deux hommes sont face à toi, mais ils ne sont pas armés, quelle chance !

L'un d'eux se penche pour ramasser un étrange engin.

Il l'actionne, libérant une dizaine de projectiles hérissés de pointes. Tu hurles de douleur. L'autre homme lance un poignard à lame incurvée. Tu t'effondres à côté de Yusef, mortellement blessé.

Tu n'aurais peut-être pas dû le sauver, autrefois, dans les rues de Nasaf. Et tu n'aurais sans doute pas dû lui faire confiance aujourd'hui. Si tu avais pris une décision différente, ce ne serait pas déjà la...

— Cette dague, tu l'as sur toi ? demande Nizam.

Enfin ! Tu vas pouvoir prouver ton innocence et lui faire comprendre que c'est Tus, le traître.

Tu tires un paquet de ta manche pour le lui tendre.

Ton oncle le déballe lentement. La stupéfaction se lit sur son visage.

— C'est une plaisanterie ?

Tu lui reprends le paquet. La dague a disparu, remplacée par un casse-noix. Mais comment est-ce possible ? Qui...?

Tamina ! Tu te précipites dehors, mais elle n'est plus là, évidemment.

Ton oncle t'attend, les bras croisés.

— C'est ça, ta preuve ? demande-t-il d'un ton sévère.

— Je vous jure que je l'avais.

Si tu te lances à la poursuite de Tamina pour lui reprendre la dague, cours au 25.

Si tu essaies de te justifier auprès de ton oncle, rends-toi au 35.

64

On vous envoie aux bains où les dignitaires étrangers venus pour rendre hommage au roi vont se rafraîchir après leur long voyage.

La grosse femme rougeaude qui gère l'endroit vous toise, Tamina et toi.

— Ces messieurs préfèrent être servis par de jolies filles.

Elle te fixe, sourcils froncés.

— Toi, tu resteras en coulisses. Tu iras chercher l'eau chaude. Quant à toi, ajoute-t-elle en se tournant vers la princesse, tu fais parfaitement l'affaire.

Tu hoches la tête, craignant que ta voix ne te trahisse. Dès qu'elle est partie, tu saisis Tamina par le poignet.

— C'est l'occasion ou jamais. Vous allez transmettre un message de ma part à Nizam.

Tu baisses les yeux vers ta tenue ridicule.

— Pendant ce temps, je vais me trouver des vêtements plus appropriés.

Tu te faufiles dans les vestiaires où les visiteurs se changent pour voler ce qu'il te faut.

« C'est mieux », penses-tu en glissant la dague à la ceinture d'un pantalon d'homme.

Tamina revient, portant un bol de noix. Elle lève les yeux au ciel.

— Ils sont vraiment pénibles !

Puis elle sursaute.

— Dastan ! Vous êtes redevenu... vous-même.

Elle te jette un drôle de regard que tu as du mal à interpréter. Est-ce de la haine ? De la surprise ?

Tu mimes une petite révérence avant de reprendre ton sérieux.

— Et le message ?

— Il l'aura dans moins d'une heure.

Va au 55.

65

Tu as choisi de te déguiser en fille. Tu te déshabilles derrière un buisson, tandis que Tamina fait de même un peu plus loin. Puis vous vous jetez vos vêtements.

Tu te sens vraiment ridicule. Comment peut-elle espérer que ça marche ? En enfilant la robe, tu la déchires dans le dos. Forcément, tu as les épaules nettement plus larges que la princesse ! En plus, elle ne t'arrive qu'aux genoux...

— Ne riez pas, ordonnes-tu avant de te montrer.

— Je ne peux rien vous promettre, réplique-t-elle.

Vous sortez de vos cachettes exactement en même temps. Tu la regardes, surpris. Avec ton pantalon et ta chemise, elle est encore plus belle qu'avant.

— Pour trouver un mari, c'est pas gagné, dit-elle en riant.

— L'important, c'cst qu'on ne me reconnaisse pas.

Elle te tend alors sa cape pour masquer l'accroc dans le dos. Puis elle déchire une bande de tissu dans le bas de ton pantalon pour te fabriquer une sorte de voile.

— Votre barbe vous trahirait immédiatement, explique-t-elle.

Elle recule d'un pas pour t'examiner d'un œil critique.

— Mm... il y a quelque chose qui cloche.

Elle te tourne autour, tirant un pan de robe par-ci, rentrant un ourlet par-là.

— Pas si vite ! protestes-tu en lui saisissant le poignet. Ne touchez pas à la dague !

Son expression se durcit un instant.

— Ça valait le coup d'essayer.

Rends-toi au 39.

66

Brusquement, le temps arrête de défiler. Des hommes aux vêtements étranges apparaissent. L'un d'eux, qui semble être le plus puissant, t'interpelle :

— Qui êtes-vous ?

— Dastan, prince de Perse.

Le jeune homme sourit.

— Alors vous êtes mon prisonnier. Je suis le général Alexandre et j'ai conquis la Perse. Elle appartient aux Grecs, maintenant.

Tu les dévisages, les yeux écarquillés. Effectivement, tu as appris ça en histoire. L'homme qui se tient devant toi n'est autre qu'Alexandre le Grand. Tu es retourné en 340 avant J.-C. !

Tu n'es pas vraiment ravi d'être fait prisonnier, mais quelle aventure palpitante de découvrir comment on vivait autrefois ! Peut-être un jour trouveras-tu le moyen de retourner à ton époque, qui sait ?

67

Amar et ses hommes vous conduisent jusqu'à une carrière de sel abandonnée. Ils font entrer Tamina dans un tunnel. C'est ici que vos chemins se séparent. Tu as convaincu le cheik de te laisser la vie sauve en lui promettant que la princesse serait à lui.

— Pouvez-vous me laisser juste une minute avec elle ? demandes-tu.

Avec l'accord d'Amar, tu entraînes Tamina à l'écart et tu lui arraches l'amulette qu'elle porte autour du cou. Comme tu t'y attendais, elle est pleine de sable magique.

— Dastan, écoutez-moi !

Tu remplis le manche de la dague, avant de la remettre dans ta ceinture.

— Quand mon oncle verra ce qu'on peut accomplir grâce à ça, il comprendra que le trafic d'armes n'était qu'un prétexte pour envahir Alamut. Merci, Votre Altesse.

Elle prend un ton suppliant :

— Cette dague est sacrée. Elle nc doit quitter Alamut qu'en cas de danger. Dastan, si elle tombe entre de mauvaises mains…

— Je vous promets qu'avec moi, elle est en sécurité.

— Vous ne comprenez pas ce qui est en jeu.

Vous êtes un homme, pas un dieu, répond-elle.

— Vous ne connaissez pas les dieux perses, répliques-tu.

Tu fais signe à Amar. Ses hommes emmènent la princesse.

Rends-toi au 107.

Tu marmonnes :

— Personne ne va me prendre pour une fille !

Tamina t'examine d'un œil rieur.

— Mais si, vous êtes très crédible en laideron !

Désignant du menton la caravane qui approche, tu reprends :

— Je suis sûr que ces voyageurs seraient ravis de troquer leurs tenues contre mon armure et votre robe de princesse.

Tu commences à distinguer ce groupe étrange. Hommes et femmes ont les paupières soulignées de kôhl et sont couverts de tatouages. Leurs vêtements sombres sont brodés de symboles étranges.

— Shakshi, murmure Tamina.

— Comment ?

— J'ai déjà croisé des membres de cette secte. Ils prétendent communiquer avec les forces du Mal. Ils vont de ville en ville, proposant aux habitants de les débarrasser des démons.

— Et vous y croyez ?

La princesse hausse les épaules.

— Je pense qu'il existe des forces surnaturelles. Dont certaines sont mauvaises.

— Ils sont dangereux ?

— Pour les démons, oui. Laissez-moi leur parler. Ils ont leur propre dialecte.

Elle crie quelque chose que tu ne comprends pas. Un homme se détache de la bande. Ce doit être leur chef.

Rends-toi au 104.

69

La chemise nouée en foulard pour empêcher le sable d'entrer dans ta bouche et tes narines, tu baisses la tête et tu te laisses guider par l'inconnu.

— Par ici !

Le mugissement du vent couvre presque sa voix, mais tu as l'impression que tu n'es plus très loin de lui.

Soudain, tu trébuches sur lui. Il est agenouillé devant une trappe. Ensemble, vous l'ouvrez. Il la claque derrière vous.

Tout à coup, c'est le silence. Dehors, la tempête fait rage, mais sous terre, tu entends le moindre souffle de ton sauveur.

Tu arraches alors ton masque de fortune, curieux de voir de qui il s'agit. Un jeune homme de ton âge te regarde en souriant.

— Vous m'avez sauvé la vie.

— Juste retour des choses, répond-il.

Tu ne comprends pas.

— Mais qui êtes-vous ?

L'homme éclate de rire.

— Tu ne me reconnais pas ? Il faut dire qu'on a tous les deux pas mal changé. C'est moi, Yusef !

Tu le serres dans tes bras, ravi.

— Eh bien, on a grandi, hein ?

— Si tu ne m'avais pas arraché aux griffes des gardes du roi, je ne serai pas là aujourd'hui ! fait-il en riant.

Va au 14.

70

Aksh pousse un hennissement affolé et se met à ruer. Tamina crie, projetée en arrière, et tombe à terre.

Aussitôt, les vipères l'encerclent.

Tu arrives à reprendre le contrôle de ton cheval. Tirant ton épée, tu te penches en avant et fonces vers la princesse. Tu tranches la tête d'un serpent qui allait la mordre, ce qui attire l'attention des autres.

Maintenant, ils en ont après toi !

Tu les tues les uns après les autres, mais il y en a trop… Heureusement, tu n'es pas seul : Tamina les écrase avec de grosses pierres, et Aksh les piétine. Ensemble, vous réussissez à tous les éliminer.

Tu sautes à terre pour t'assurer que la princesse et ton cheval vont bien. Ils sont sains et saufs tous les deux.

— Aviez-vous déjà croisé ce genre de créatures ? demande-t-elle.

— Ce sont les armes des Hassansins, expliques-tu. Une secte de tueurs d'élite. Mon père les avait bannis, mais visiblement, ils ont repris du service.

Tes cheveux se dressent sur ta nuque. Quelqu'un vous espionne.

Va au 121.

Pour ne pas risquer d'alerter tes poursuivants, tu t'enfonces dans le tunnel obscur, laissant la torche à sa place.

Vlan ! Tu viens de heurter quelque chose... ou plutôt quelqu'un ! Une femme à en juger par le cri de surprise qu'elle pousse.

— Tout va bien ? demandes-tu.

— Qui êtes-vous ? demande-t-elle.

Tu tâtonnes dans le noir pour l'aider à se relever.

— Aïe ! Ma cheville ! gémit-elle.

Un peu plus loin, tu aperçois un tunnel éclairé.

— Allons à la lumière, je pourrai bander votre jambe.

À la lueur des torches, tu découvres qu'elle est très belle. Tandis qu'elle te toise, son visage passe à la fureur la plus complète. Soudain elle brandit une dague.

— Arrière, Perse ! Ne me touche pas.

Tu comprends qu'elle est d'Alamut et qu'elle n'est pas ravie que ton armée assiège sa cité.

Elle se rue sur toi mais tu l'esquives habilement. En tournant sur toi-même, tu la désarmes d'un coup de pied. Tu ramasses la dague. Alors qu'elle tente de te l'arracher, tu enfonces par mégarde une pierre précieuse sertie dans le manche. Une poignée de sable s'écoule de l'arme.

Va au 48.

72

— Je pense que je n'ai aucune chance de convaincre mon père, dis-tu en secouant tristement la tête. Je vais partir à la recherche de la princesse. Elle nous fournira peut-être des informations utiles.

— Bien, acquiesce ton oncle.

Mais comment la retrouver ? Soudain, tu as une idée. Ses servantes savent sûrement où elle se cache. Si tu y mets le prix, elles se feront sans doute un plaisir de te renseigner.

Dans l'aile des domestiques, tu aperçois plusieurs femmes qui s'affairent autour d'une très jolie brune.

— Va-t'en, Perse ! ordonne cette dernière. Tu n'as pas le droit d'être ici.

— Et vous, vous n'avez pas à me parler sur ce ton, répliques-tu.

Les autres femmes te lancent un regard perplexe, mais lui conseillent néanmoins de se taire.

— J'ai quelques questions à vous poser... et une proposition à vous faire, reprends-tu. Je suis à la recherche de votre maîtresse, la princesse Tamina. J'offre une forte récompense à qui saura me dire où la trouver.

La jeune arrogante croise les bras.

— Et qu'est-ce qui vous fait croire que nous serions prêtes à la trahir ?

En l'examinant plus attentivement, tu remarques une dague ouvragée glissée dans la ceinture de sa jupe.

Il ne s'agit pas d'une domestique ordinaire.

— Enchanté de faire votre connaissance, princesse Tamina, lances-tu.

Va au 90.

En entrant dans le village, tu croises une jolie jeune femme en train de remplir un seau à la fontaine.

— Qu'est-ce qui t'amène ici, étranger ?

Tu sautes à terre.

— Le hasard, réponds-tu. C'est mon cheval qui m'a conduit ici. Je ne veux pas vous déranger, mais je suis sur la route depuis plusieurs jours. Ma monture et moi aurions besoin d'eau, de nourriture et d'un toit pour dormir.

Elle te dévisage en fronçant les sourcils.

Tu tires la bourse de cuir que tu portes autour du cou.

— J'ai de l'argent.

Une vieille femme sort sur le seuil d'une cabane.

— Princesse Tamina, le ragoût est prêt.

Tu écarquilles les yeux, abasourdi. La femme que ton oncle t'a demandé de trouver, celle qui détient le secret des forges clandestines, se tient juste devant toi.

Elle recule d'un pas, saisissant instinctivement la poignée ouvragée d'une dague passée dans sa ceinture. Une arme que tu n'avais pas remarquée jusque-là.

Si tu décides de la faire prisonnière pour la ramener à Alamut, va au 80.

Si tu fais semblant de ne pas savoir qui elle est, rends-toi au 110.

À l'aube, tu approches de la porte Sud de la cité fortifiée. Comme l'a voulu Tus, tes hommes et toi, vous viendrez en renfort lorsque tes frères forceront la grande porte.

Tu guettes anxieusement leur signal. Le vent violent rend les chevaux nerveux. Soudain, tu entends un bruit que tu connais bien et que tu redoutes : le hurlement assourdissant d'une tempête de sable. En te retournant, tu vois un mur de sable se diriger droit sur vous.

Il n'y a aucune possibilité de repli. Vous n'avez pas le choix, vous devez entrer dans la cité sans attendre le signal.

— Chargez ! ordonnes-tu, l'épée levée.

Mais c'est trop tard. La tempête fond sur vous.

Les chevaux hennissent, les hommes paniquent. Le sable te fouette, t'aveugle, te fait perdre tout repère.

Il faut trouver un abri !

Soudain, tu entends une voix :

— Par ici, prince, vous serez en sécurité.

Si tu décides de suivre cet étranger dont tu ne vois même pas le visage, va au 69.

Si tu penses que c'est trop risqué, rends-toi au 28.

75

Tu t'approches du Grand Temple, déguisé en ouvrier. La princesse porte également une tenue de travailleur. Cheik Amar et Seso ne se sont pas dans les parages.

— Rendez-vous dans la cour, Tamina. J'apporterai la dague à Tus pour lui prouver mon innocence.

— À tout à l'heure..., murmure-t-elle, préoccupée.

Tu sais ce qu'elle pense : vous vous retrouverez... si tu es encore en vie.

Caché derrière ta pelle, tu passes devant les gardes. Puis tu suis les instructions que t'a données Tamina pour pénétrer dans le sanctuaire.

L'entrée est ornée de deux immenses colonnes sculptées. À l'intérieur règne un profond silence. Une fois que tes yeux se sont habitués à la pénombre, tu distingues la dague, sur un piédestal, éclairée par un rai de lumière.

Mais pas de garde, pas de vipère, pas d'Hassansin en vue... rien.

C'est trop beau pour être vrai...

Va au 54.

Tu la vois hésiter.

— La vérité, princesse, insistes-tu en pointant ton épée sur sa poitrine.

Soudain, elle te jette son seau à la tête, puis prend la fuite.

Tu te rues sur elle, la plaquant au sol. Elle s'effondre avec un cri et tu tombes sur elle. Tu lui arraches la dague et tu l'appuies contre son cou.

— Je perds patience, princesse. Si vous me mentez, je reviendrai raser ce village.

Tu la sens faiblir. Elle doit tenir à cet endroit.

— Cette dague que vous avez en main, traitez-la avec respect, je vous prie.

Pesant toujours sur elle, tu examines l'objet en question.

— Elle est belle. Jolie pierre sur la poignée, mais ce n'est qu'une arme. Pourquoi devrais-je lui témoigner du respect ?

— Vous vous trompez, Perse. Il ne s'agit pas d'une arme comme les autres. C'est pour cette dague que votre oncle a envahi la ville. Et c'est ma mission de la protéger.

Tu te relèves et recules d'un pas. Elle dit la vérité, ça se voit. Enfin, ce qu'elle croit être la vérité.

Va au 16.

77

Le roi Sharaman examine la dague sous tous les angles avant de la rendre à la princesse.

— Alamut est une cité sacrée. Je ne la profanerai pas davantage en vous volant vos reliques.

Tamina reprend la dague, visiblement surprise.

— Merci ! Peut-être me suis-je trompée en jugeant les Perses un peu trop vite.

— Nous avons tant à apprendre les uns des autres, affirme le roi. Je suggère une alliance entre nos deux peuples. Et pour la sceller, je souhaiterais que vous épousiez mon fils bien-aimé, le prince Dastan.

C'est à ton tour d'ouvrir de grands yeux.

— Mais je croyais...

Est-il possible que Nizam se soit trompé ?

Il te sourit tendrement.

— Un père attentionné doit parfois être dur avec son fils.

La princesse te toise avec mépris, mais elle acquiesce.

— Je suis d'accord. Je suis touchée par le respect que vous avez montré à l'égard de mon peuple et de nos croyances. J'espère seulement que votre fils partage votre sagesse.

Sharaman se met à rire.

— Je l'espère aussi !

Tu regardes la princesse. Cette femme belle, arrogante et volontaire semble promise à un grand destin. Grâce à elle, tu es rassuré sur l'amour que ton père te porte, et tu lui en es infiniment reconnaissant.

78

Tu montes aussitôt en selle. Tamina te fixe, les yeux écarquillés.

— Vous allez m'aider ? s'étonne-t-elle.

Tu sens un profond changement dans ton cœur. Il ne s'agit plus seulement de prouver ton innocence. Quelque chose de bien plus important est en jeu. Quelque chose qui te dépasse. Peut-être ce « grand destin » qu'elle a évoqué...

Tu lui tends la main.

— On peut rester là à discuter ou bien se mettre en route pour le temple, comme vous voulez.

Chevauche jusqu'au 59.

79

Tu n'as pas de mal à trouver les appartements de Tus. Tandis que Tamina se cache sur le balcon, tu entres tranquillement dans sa chambre en lançant :

— Bonjour, mon frère.

Il se retourne.

— Dastan !

Il devait être en train de prier, car il a le chapelet de votre père à la main.

Ses gardes du corps se ruent sur toi. Mais trop tard, tu immobilises ton frère et tu lui plaques la dague contre la gorge. Ses hommes se figent.

— Il faut qu'on discute, mon frère, annonces-tu.

— Parle, je t'écoute.

— Seul à seul.

Tus hésite un instant avant d'ordonner à ses gardes de sortir.

Une fois qu'ils sont partis, tu le regardes droit dans les yeux.

— Alamut n'a jamais fourni d'armes à nos ennemis. C'est notre oncle Nizam qui a tout manigancé.

— Nizam ? Tu es fou ? Pourquoi aurait-il fait ça ?

— Parce que, caché sous la ville, se trouve le légendaire Sablier des Dieux. Nizam veut s'en servir pour retourner dans le passé, réécrire l'histoire et devenir roi.

Ton frère ne te croit pas.

— Si tu veux me tuer, fais-le maintenant ! dit-il, très calme.

Rends-toi au 22.

Tu tires aussitôt ton épée.

— Lâchez cette dague ou je vous coupe la main.

— Qui êtes-vous ? s'étonne la princesse. Que venez-vous faire ici ?

— C'est le destin, j'imagine.

Elle se raidit.

— Que voulez-vous dire ?

Tu ris.

— Le destin est un mot bien plus impressionnant que le hasard, n'est-ce pas ? On m'a demandé de partir à votre recherche, j'ai refusé. Et voilà que je vous retrouve ici. Ça ne peut être qu'un coup du destin, non ?

— Pourquoi me cherchiez-vous ? demande-t-elle en plissant les yeux. Vous êtes l'une des brutes incultes qui ont dévasté la cité sacrée d'Alamut, c'est ça ?

— Si vous êtes aussi attachée à votre ville, pourquoi avoir fui ?

Elle serre les dents.

— J'ai mes raisons. Vous ne pouvez pas comprendre.

— Essayez de m'expliquer.

— Qui êtes-vous ? répète-t-elle. Vous ne me l'avez toujours pas dit.

Tu hésites. Comment obtenir les informations qu'il te faut ?

Si tu décides de lui dire la vérité, va au 53.

Si tu préfères mentir, rends-toi au 101.

Tu pleureras la mort de ton frère plus tard. Pour le moment, tu suis Tamina dans un escalier sombre. Pourvu que vous arrêtiez Nizam à temps !

— Les Gardiens ont prévu plusieurs tunnels secrets qui mènent au Sablier.

La princesse appuie sur un loquet caché dans une sculpture, ouvrant une porte dérobée.

— En se dépêchant, on peut arriver avant lui ! dit-elle comme si elle lisait dans tes pensées.

Alors que vous vous engagez sur une passerelle étroite, tu entends un grondement sourd. Des éclats de roche s'abattent sur vous.

— Les ouvriers ont trop creusé ! Tout s'écroule ! t'écries-tu.

— Non, ce sont les Dieux, corrige Tamina. Nizam a dû pénétrer dans la Chambre Sacrée !

Vous débouchez dans une immense pièce au sol couvert de sable doré. C'est là que se trouve le Sablier des Dieux !

Rends-toi au 94.

82

Les deux options sont risquées, mais tu préfères rester sur la route principale. Tu as beaucoup entendu parler de la vallée des Esclaves... jamais en bien, et tu as assez d'ennuis comme ça.

— Il va falloir qu'on se déguise, annonces-tu à la princesse.

— Le problème, c'est qu'on n'a pas emporté beaucoup de bagages, souligne Tamina. Je ne vois qu'une seule possibilité : vous n'avez qu'à mettre ma robe.

Tu la dévisages, les yeux ronds.

— Que je m'habille en fille ? Et vous alors ?

Elle hausse les épaules.

— Je vais bien trouver une idée...

Tu aperçois alors une caravane à l'horizon. Les gens empruntent ce chemin pour se rendre au marché. Vous pourriez troquer vos vêtements, peut-être même faire route avec eux. Au milieu d'un groupe, vous voyageriez incognito, et en sécurité.

D'un autre côté, aucun soldat ne se méfierait de deux jeunes femmes chevauchant ensemble.

Tamina attend que tu te décides.

Échange tes vêtements avec elle et rends-toi au 65.

Attends la caravane et rends-toi au 68.

83

Tu arpentes l'étable de long en large, cherchant à comprendre. Tu remarques un archer perché sur un toit voisin... Il n'était pas là lorsque tu es arrivé !

Ce n'est pas Tus qui a tout manigancé. C'est Nizam ! Tu ne te souviens pas avoir vu ton oncle s'approcher de Sharaman. S'il s'est brûlé les mains, c'est en empoisonnant la tunique !

Tu te rues dehors.

Zip ! Une flèche te frôle. Tu ne t'arrêtes pas.

— Dastan ! hurle ton oncle derrière toi. Reviens ! J'expliquerai tout à Tus.

Tu vois des archers sur les toits, tu entends des pas dans ton dos. Tu es cerné de toutes parts ! Une nouvelle flèche te manque de peu. Tu tombes à genoux tandis qu'elle siffle à ton oreille. Elle se plante dans le sol à tes pieds.

Tu te relèves d'un bond pour reprendre ta course. Mais une escouade se dirige vers toi. Un coup d'œil à droite, puis à gauche. Pas d'issue !

Tu n'as pas le choix : tu fonces droit sur eux.

Va au 57.

84

Tu perds ton temps à affronter ce garde en combat singulier. Il faut que tu rejoignes tes frères et ton bataillon.

Tu frappes de toutes tes forces, ton adversaire tombe à la renverse. Tu en profites pour filer, scrutant les rues à la recherche de tes compagnons perses.

En t'enfonçant dans la ville, tu découvres des scènes d'horreur. Cette bataille a été un vrai carnage. Pendant que tu te cachais dans le souterrain pour éviter la tempête de sable, les Perses et les habitants d'Alamut s'entretuaient.

C'est exactement ce que tu voulais éviter. Voilà pourquoi tu avais un autre plan. Si tu avais eu le cran nécessaire, ce massacre n'aurait pas eu lieu.

Tu aperçois Roham, l'un de tes hommes. Il a l'air complètement abattu, mais il n'est pas blessé.

— Prince Dastan, je vous ai cherché partout, lance-t-il en te voyant.

— Quelles sont les nouvelles ?

Son expression te fait regretter d'avoir posé la question.

Va au 109.

— Il faut que j'arrête Nizam, décrètes-tu. Je suis le seul obstacle entre le trône et lui, c'est pour ça qu'il m'a fait accuser du meurtre de mon père.

Tamina a l'air abattue. Dès que tu auras réglé cette affaire, tu essaieras de retrouver la dague.

Tu fais tes adieux à Seso, Amar et à la princesse. Tu ne sais pas encore comment tu vas procéder, une fois arrivé à Nasaf.

Après un trajet éprouvant, tu n'as pas les idées plus claires. En arrivant, tu apprends que Tus est mort. Sûrement un coup de Nizam !

Maintenant, tu sais où trouver ton oncle : au palais royal. Ce serait facile de se faufiler à l'intérieur, au milieu de la nuit. Tu aurais l'avantage de la surprise. Tu pourrais même lui reprendre la dague.

Mais peut-être vaut-il mieux attendre d'en savoir plus. Nizam peut avoir déjà quitté la ville. Il faut que tu trouves un endroit où te cacher. Tu as passé toute ton enfance dans les rues de cette ville, ce ne devrait pas être trop difficile.

Si tu décides d'aller directement voir Nizam, rends-toi au 24.

Si tu choisis de te cacher et d'attendre, va au 40.

86

Tu traînes la princesse devant Nizam.

— Princesse Tamina, comme c'est gentil à vous de nous rendre visite, persifle ton oncle.

La jeune femme bout de rage en silence.

— Dis-moi, Dastan, reprend Nizam en se levant pour se planter devant elle. Avait-elle une arme sur elle ?

Surpris qu'il connaisse l'existence de la dague, tu jettes un regard à Tamina qui fulmine :

— Il révèle enfin son but véritable !

Tu baisses les yeux pour examiner la dague.

— Vous voulez dire que c'est pour ça que nous avons attaqué la ville ? Mais pourquoi ?

— Oui, Nizam, pourquoi ? demande Sharaman en entrant dans la pièce. Tu n'es pas le seul à avoir des espions. Tu as dit à Dastan que je regrettais qu'il ait survécu, lui et pas ses frères. Comment as-tu pu inventer un aussi cruel mensonge ?

Stupéfait, tu dévisages tour à tour ton père, puis Nizam, enfin tu te tournes vers la princesse.

— Qu'est-ce que cette dague a de si spécial pour avoir poussé mon oncle à mentir, trahir les siens, faire la guerre ?

— Cette arme possède d'immenses pouvoirs. De tels pouvoirs que j'ai décidé de consacrer ma vie à la protéger ! déclare Tamina, les yeux brillants.

Avec une habileté hors du commun, elle s'en saisit, puis se rue sur le balcon et l'enjambe.

— Laissez-la ! Notre plus grand ennemi se trouve dans cette pièce ! s'écrie ton père en fixant Nizam. Gardes !

La princesse s'est enfuie et tu ne connaîtras jamais le secret de la dague, mais elle t'a révélé le vrai visage de ton oncle et le profond amour que te porte ton père, et tu lui en seras toujours reconnaissant.

Tu tournes les talons pour fuir, mais *Chtonk !* Soudain, tu ne peux plus bouger.

Un couteau a cloué ta cape à un poteau, te rivant sur place. Seso, l'immense guerrier africain, se tient à côté du cheik, souriant.

— Alors comme ça, tu voulais l'échanger contre un chameau à Herat ? dit Amar, en riant. Regarde-moi cette fille, elle en vaut au moins deux. Quant à toi, mon ami, ton frère Tus offre une récompense pour ta capture. Le montant est astronomique. Je trahirais ma propre mère pour empocher autant d'or.

Seso lance un regard désapprobateur à son chef.

— Quoi ? Tu ne connais pas ma mère ! se défend-il.

Puis il reprend son sérieux pour ordonner :

— Conduisez-le à l'avant-poste perse.

Tu remarques que Tamina s'est approchée discrètement pour écouter la conversation. Elle a l'air ravie.

Seso te détache du poteau. Ses yeux tombent sur la dague passée à ta ceinture.

— Belle arme, commente-t-il.

Tu n'as pas le temps de réagir qu'il l'a déjà saisie. Il la tend à Amar qui l'examine avec cupidité. Puis il la lance à un de ses hommes.

— Faites-la fondre et récupérez les pierres précieuses.

Rends-toi au 11.

Tous les regards sont braqués sur toi. Les yeux de Nizam étincellent de fureur.

— Débarrassez-moi de ce meurtrier ! ordonne-t-il à l'un de ses hommes.

Mais avant que ce dernier ait pu réagir, un couteau à trois lames lui tranche la main et son épée tombe à terre.

Ça alors ! Seso t'a sauvé la vie.

Les gardes se ruent sur toi, pendant que l'un d'eux fait descendre Nizam de la scène. Mais cheik Amar et sa bande de guerriers leur bloquent le passage.

Saisissant l'occasion, tu te jettes sur Nizam. Les gardes s'interposent, mais soudain, le dais qui protégeait l'estrade leur tombe dessus. Ils ne peuvent plus rien faire, empêtrés dans le tissu. Tu aperçois la princesse Tamina près d'un poteau, un sourire aux lèvres : c'est elle qui a fait ça !

— Nous n'allions quand même pas vous abandonner ! dit-elle.

Tu te retournes vers ton oncle pour arracher la dague de sa ceinture. Puis tu la lèves au-dessus de ta tête :

— Voilà pour quoi le roi Sharaman est mort !

— N'écoutez pas ce misérable ! hurle Nizam.

Le roi l'a tiré de la rue, mais c'est toujours un bandit !

Un murmure parcourt la foule. Ils ne savent pas qui croire.

Rends-toi au 116.

89

Vous découvrez bientôt un spectacle étrange : un squelette pendu à un piquet danse au vent.

En fait, toute une bande de squelettes monte la garde au milieu du désert.

Tamina porte la main à ses lèvres.

— De qui s'agit-il ?

Tu examines les ossements de plus près.

— Autrefois, cette vallée abritait les plus importantes mines de sel de l'empire. Mais un jour, les esclaves qui y travaillaient se sont révoltés et ont tué leurs maîtres.

La princesse, livide, se contente d'acquiescer faiblement.

— Bienvenue dans la vallée des Esclaves, Votre Altesse, lances-tu avec un sourire moqueur.

Tu guides Aksh en le tenant par les rênes, mais la princesse traîne derrière.

— Je donnerais n'importe quoi pour une goutte d'eau, murmure-t-elle.

— Malheureusement, ça fait des heures que vous avez vidé notre gourde.

— Je ne suis pas née dans le désert. J'ai une constitution plus délicate que vous, chameaux de Perse.

— Oui, c'est ça. Vous êtes surtout pourrie-gâtée.

— Les puits d'Alamut sont réputés pour leur eau fraîche et pure, affirme-t-elle.

— Si vous passiez moins de temps à admirer vos puits et plus à surveiller vos murailles, nous n'en serions pas là.

Comme elle ne répond pas, tu t'exclames :

— Miracle, j'ai réussi à faire taire la princesse !

Jetant un regard triomphal en arrière, tu t'aperçois que Tamina s'est évanouie.

Rends-toi au 46.

90

Les servantes de la princesse t'encerclent alors qu'elle cherche à s'enfuir. Elles veulent t'empêcher de la suivre, mais tu es plus rapide. Agrippant Tamina, tu lui arraches sa dague. Ses domestiques se jettent sur toi. Tu es contraint de prendre la princesse par les cheveux et de presser la lame de son arme contre son cou.

— Encore un mouvement, et je lui tranche la gorge, menaces-tu.

Les femmes reculent. Tamina ne montre aucun signe de peur, uniquement de la colère.

— Vous n'avez pas le droit de toucher cette dague ! Vous n'en êtes pas digne !

— Eh bien, quelqu'un qui en est digne devra l'escorter, alors, répliques-tu.

— L'escorter où ? demande-t-elle. Qu'avez-vous en tête ?

Bonne question.

Si tu l'emmènes auprès de Nizam pour qu'il l'interroge afin d'obtenir des informations cruciales à propos des forges clandestines, va au 86.

Si tu préfères la conduire directement au roi pour tenter de faire la paix avec lui, rends-toi au 97.

91

Le lendemain, Tamina et toi, vous vous mêlez à une longue file de voyageurs qui se rendent aux funérailles de ton père. Vous avez réussi à quitter sans encombre la vallée des Esclaves et vous apercevez maintenant la porte imposante de la cité d'Avrat, nécropole de l'empire perse.

— Des centaines de soldats doivent surveiller l'entrée de la ville, s'inquiète la princesse.

— Peut-être même plus, répliques-tu.

— Je vous en supplie, je dois déposer la dague au temple des Gardiens, dans les montagnes, au nord d'Alamut. Personne ne connaît son existence, à part les prêtres qui y vivent. C'est le seul endroit où elle sera en sécurité.

Tu poursuis ta route sans répondre.

Tamina te prend le bras en demandant :

— À votre avis, pourquoi votre père vous a tiré de la rue ?

Tu te retournes pour la dévisager, surpris par sa question.

— Parce qu'il m'aimait bien, je suppose.

— Je crois que c'était bien plus que de l'amour. Les Dieux ont des projets pour vous. Vous êtes promis à un grand destin !

Va au 36.

92

Allongé dans le sable, tu sens qu'on s'agite autour de toi. Ouvrant péniblement les yeux, tu découvres que tu es encerclé par une dizaine d'hommes à cheval, armés jusqu'aux dents. Des capes de bédouins en lambeaux laissent entrevoir différents accessoires récupérés sur des soldats perses.

Il s'agit sûrement des fameux esclaves qui ont donné leur nom à la vallée.

Tu tentes de te remettre debout lorsque *Tchak !* quelque chose vient se planter entre tes jambes. Un couteau à trois lames et à manche d'ivoire sculpté. À deux centimètres près... Tu préfères ne pas y penser.

— Sais-tu où tu te trouves, Perse ? te questionne un homme coiffé d'un turban.

Levant les yeux pour découvrir son visage tanné, tu acquiesces.

— Et ça ne t'a pas dissuadé d'entrer ?

Tu secoues la tête.

— Je suis le cheik Amar. Et je te présente Seso, un guerrier Ngbaka, le roi du lancer de couteau.

Il désigne l'un des cavaliers. Un immense Africain au crâne rasé, qui porte une multitude de poignards en bandoulière.

— Dis-moi, Perse, reprend Amar, toi qui as pénétré dans notre vallée sans invitation, donne-moi une bonne raison d'empêcher Seso de te planter son arme en plein cœur.

Tu avales ta salive en te creusant la cervelle pour trouver un moyen de te sortir de ce traquenard.

Rends-toi au 38.

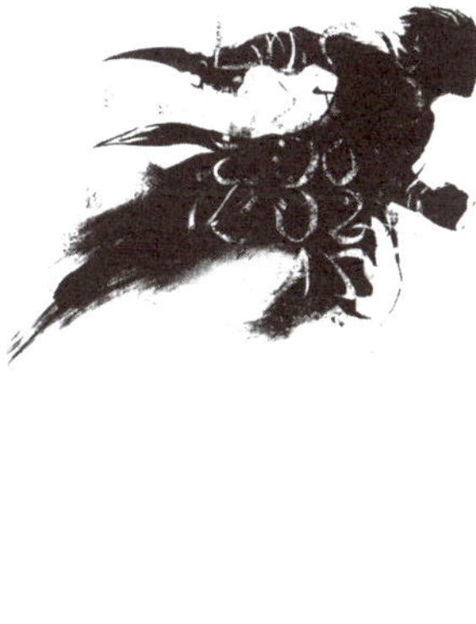

93

Tamina se relève brusquement et s'éloigne à grands pas.

— Où allez-vous ? demandes-tu en la retenant par le poignet.

— Il n'y a qu'une chose à faire, affirme-t-elle. S'assurer que la dague est en lieu sûr.

— Comment ?

— S'il n'y a pas d'autre solution, il faut enfoncer la dague dans la pierre, ainsi elle disparaîtra à jamais et retournera aux Dieux.

Avant que tu aies pu poser davantage de questions, tu entends un grondement de sabots, le cliquetis des armes. La cavalerie perse surgit brusquement des fourrés.

Il n'y a aucune issue. Vous êtes cernés.

Ton frère Garsiv saute alors à bas de sa monture et se dirige vers toi.

— Garsiv, commences-tu, écoute-moi ! Ces quatre prêtres ont été tués par les Hassansins. Sur les ordres de Nizam. C'est lui, le traître.

Le rire de ton frère te donne la chair de poule. Il tire son épée et la plaque contre ton cou pour t'attirer à l'intérieur d'une petite ferme.

Rends-toi au 37.

L'immense Sablier semble tout droit sorti de la roche. Ses grains scintillants baignent la pièce d'une étrange lueur. Tamina et toi, restez tapis dans l'ombre. Nizam est arrivé avant vous.

Un autre grondement retentit. Tu t'interposes entre ton oncle et le Sablier, tirant ton épée.

— Tu as trahi ta propre famille ! hurles-tu.

— Au début, j'ai cru que ce serait difficile, ricane Nizam brandissant la dague. Mais en fin de compte, c'était une guerre comme les autres.

— Sharaman était ton frère !

Les craquements sinistres qui résonnent autour de vous couvrent presque ta voix.

— Et ma malédiction ! réplique-t-il.

Un pan du plafond s'écrase à vos pieds. Un véritable tremblement de terre ébranle la Chambre Sacrée !

— Comment as-tu pu faire ça ?

— Mets-toi à ma place, s'écrie ton oncle. Quels que soient les territoires conquis, les victoires remportées, quand tu entres dans une pièce, tous les yeux se tournent vers l'homme qui marche à tes côtés. Et tu te dis : si seulement je l'avais laissé mourir… c'est moi que tout le monde regarderait.

Va au 130.

95

L'Hassansin te frappe aux jambes. Alors que tu sautes pour éviter les coups, tu tombes du toit. Tu te retrouves par terre, le souffle coupé.

Avant que tu aies pu te relever, ton adversaire atterrit à côté de toi. Sa main se referme sur ton cou. Tu te débats, tentant de le repousser. Tu étouffes ! Tu sens toute énergie te quitter...

Soudain, l'Hassansin lâche prise et s'effondre.

Tu l'écartes pour te relever d'un bond. Ton adversaire a une épée plantée dans le dos.

— Dastan..., fait une voix.

Garsiv ! C'est lui qui l'a tué. Il t'a sauvé la vie. Il se traîne, les trois pointes toujours dans la poitrine.

Tu t'agenouilles auprès de lui.

— Garsiv !

Ses yeux ont déjà perdu de leur éclat.

— L'épée est forte, mon frère, murmure-t-il. Sauve l'empire.

Tu lui prends la main alors qu'il rend son dernier souffle.

Va au 20.

— Il y a bien longtemps, commence Tamina, en observant les hommes, les Dieux n'ont vu rien d'autre que traîtrise et avidité. Ils ont levé une puissante tempête de sable pour tout détruire et nettoyer la surface de la terre. Mais une jeune fille a survécu.

Elle s'interrompt, hésitant à poursuivre. Tu l'encourages d'un signe de tête.

— Elle a supplié les Dieux de donner une deuxième chance à l'humanité, leur offrant sa vie en échange. Les Dieux, étonnés par la pureté de son cœur, se sont alors souvenus que l'homme pouvait être bon. Ils l'ont renvoyée peupler la terre et ont emprisonné la tempête dans le Sablier. Tant que le sable coule, le temps suit son cours et la survie de l'humanité est assurée. Le Sablier, maître du temps, nous rappelle que nos vies sont entre les mains des Dieux. Que nous sommes mortels.

Rends-toi au 105.

97

Tu traînes la princesse jusqu'aux nouveaux appartements de ton père.

— Je vois que vous n'avez pas perdu de temps pour vous installer, remarque-t-elle d'un ton amer.

— C'est ce qui arrive aux ennemis de l'empire perse. Vous auriez dû y songer avant de fabriquer des armes pour nos adversaires.

Tu la pousses devant un garde en déclarant :

— Voici la princesse Tamina. J'aimerais la présenter au roi Sharaman.

L'homme vous annonce avant que vous ne pénétriez dans la salle. Tu lèves les yeux vers celui que tu as toujours appelé « Père ». Tu as du mal à accepter qu'il ne tienne pas autant à toi qu'à ses vrais fils, comme l'a sous-entendu Nizam.

— Père, j'ai trouvé la princesse Tamina. Je suis sûr qu'elle pourra confirmer les informations de nos espions au sujet des forges clandestines. Mes frères ne sont pas morts pour rien.

— Je ne confirme rien du tout. C'est un tissu de mensonges, décrète-t-elle.

Le roi la dévisage.

— Pourquoi nos espions nous auraient-ils menti ?

Elle hausse les épaules.

Tu soupires. Elle est vraiment têtue. Tu décides de prendre la parole.

— Elle semble beaucoup tenir à cette arme, dis-tu en tendant la dague à ton père.

— Qu'est-ce donc, princesse ? demande-t-il.

Elle serre les dents, comme si elle était en train de prendre une décision.

— C'est un objet de cérémonie. Certains, ceux-là même qui veulent retourner notre cité de fond en comble, pensent qu'il a des pouvoirs. Mais pour nous, habitants d'Alamut, cette dague est une relique sacrée.

Va au 77.

98

— Je pense que j'ai fait une bonne affaire en concluant ce marché avec toi, reprend Amar.

En suivant son regard, tu vois qu'il observe Tamina. Elle sert des rafraîchissements, et ça n'a pas l'air de lui plaire. Lorsque l'un des clients essaie de l'accoster, elle le repousse violemment.

— Pleine de vie, commente le cheik. Où l'as-tu trouvée ?

Tu inventes aussitôt une histoire.

— Sur le marché aux esclaves de Lur. Je voulais l'emmener à Herat pour l'échanger contre un chameau quand elle m'a agressé.

Amar acquiesce :

— Les chameaux sont plus dociles.

— Noble cheik, commences-tu d'un ton respectueux, j'apprécie votre hospitalité, mais si vous pouviez me donner la marchandise convenue, j'aimerais reprendre ma route.

Il hoche la tête en souriant, mais soudain son expression change. Une lueur de ruse brille dans ses yeux.

— C'est étrange, Perse. Tu ressembles beaucoup au prince tombé en disgrâce après le meurtre du roi, remarque-t-il soudain.

Ton cœur s'emballe. Il a deviné ton secret !

Cours au 87.

Le lendemain, dès l'aube, tu déchires ta couverture en lambeaux dont tu entoures les sabots de ta monture.

— Qu'est-ce que vous fabriquez ? demande Tamina.

— Garsiv doit être à nos trousses. Aksh est le cheval le plus célèbre de l'empire. Il faut brouiller les pistes.

— Quelles pistes ? Où comptez-vous aller ?

— Dans la ville sainte d'Avrat, réponds-tu en montant en selle, là où sont enterrés les rois perses. Mon oncle Nizam va s'y rendre pour assister aux funérailles de mon père. C'est le seul à qui je peux faire confiance. Je vais lui expliquer que Tus m'a tendu un piège.

La princesse se dresse devant l'étalon, les bras croisés sur la poitrine.

— Vous allez pénétrer dans une cité truffée de soldats perses alors que vous êtes recherché pour le meurtre du roi ?

— Laissez-moi passer, princesse.

— L'armée a dû installer des barrages partout, fait-elle remarquer.

Elle a raison. Tu y as réfléchi toute la nuit. Il n'y a que deux solutions : tenter de déjouer la vigilance des soldats en te déguisant ou bien quitter la route pour traverser la vallée des Esclaves.

Si tu décides de suivre la route principale, rends-toi au 82.

Si tu préfères passer par la vallée des Esclaves, rends-toi au 17.

100

Pour ne pas risquer de gâcher tout le sable magique, tu préfères te servir de la dague de manière classique en tranchant la tête de la première vipère. Seso se lève d'un bond, couteau à trois lames en main. Il le lance sur un autre serpent, mais la créature l'évite habilement. Vive comme l'éclair, elle mord le guerrier qui s'écroule, terrassé par son venin.

Le bruit réveille le cheik Amar et Tamina... qui ont à peine le temps de voir les deux bêtes leur infliger une morsure mortelle.

Maintenant, les vipères fondent sur toi !

Tu n'as plus le choix, tu dois utiliser la dague. Mais au moment où tu vas appuyer sur la pierre précieuse, un serpent bondit et te plante les crocs dans la main. Tu lâches ton arme, hurlant de douleur, et tombes à genoux.

Les trois vipères encerclent la dague, dardant leur langue fourchue. Petit à petit, ta vision devient floue. Tu t'effondres dans le sable, car pour toi, c'est la...

101

— Je m'appelle Trila, je suis un simple soldat, dis-tu.

— Vous avez dit que vous étiez chargé de me retrouver, réplique la princesse d'un ton railleur. Mais vous avez refusé, vous n'avez donc aucun honneur.

— Justement, vous allez me permettre de laver mon honneur, affirmes-tu.

Un mouvement attire ton regard. Instinctivement, tu lances l'un de tes petits couteaux. Un vieil homme s'effondre.

— Espèce de barbare ! s'écrie Tamina. C'était un sage ! Un Gardien du Temple ! Et vous l'avez tué pour rien !

Elle tire la dague de sa ceinture.

— Ne faites pas ça, princesse, menaces-tu en plaquant ta lame contre son cou.

Elle rit.

— Désolée, mais il y a d'autres moyens d'agir que la violence.

Tu la dévisages, abasourdi. Elle ne tente même pas de te frapper. Elle se contente de brandir la dague et d'appuyer sur une pierre précieuse sertie dans le manche. Une poignée de sable s'écoule. La tête te tourne. Bizarre... Pourquoi y a-t-il du sable dans la poignée ?

Brusquement tu retrouves tes esprits et au moment où tu entends Tamina dire « Désolée », tu ressens une vive douleur dans le torse. Une flèche te transperce la poitrine. Tu ne reverras jamais ton père, tu ne pourras jamais laver ton honneur. C'est la...

102

Sous tes yeux horrifiés, ton frère tombe à genoux.

— Garsiv ! hurles-tu.

Jetant un coup d'œil à l'extérieur, tu vois le brouillard former des volutes étranges.

Les Hassansins !

Tu te rues dehors. Les soldats perses surveillent toujours Tamina, Amar, Seso et les autres, inconscients du danger qui les guette. Tu tentes de les prévenir :

— Ils attaquent !

Tu prends Tamina par la main, elle brandit la dague de l'autre.

Des étalons noirs surgissent de la brume et foncent sur vous dans un bruit de tonnerre. Les Hassansins poussent leur affreux cri de guerre en dégainant leurs armes. Ta gorge se serre. L'un d'eux balance une hache à deux lames, connue sous le nom de hallebarde, un autre fait siffler un fouet dans les airs, tandis qu'une sorte de géant fait tournoyer au-dessus de sa tête un cimeterre si grand qu'il cache le soleil.

— Restez derrière moi, Tamina. Il faut qu'on protège la dague ! ordonnes-tu aux autres.

Le combat s'engage.

Va au 47.

Tamina semble préoccupée, mais tu t'aperçois soudain que ça n'a rien à voir avec ce que tu viens de lui annoncer. Tu te retournes pour voir ce qu'elle fixe d'un œil inquiet. Une tempête de sable !

— Il faut partir, dit-elle.

Tu brandis la dague.

— Si vous voulez que je vous la rende, il faut tout me dire. Fini les mensonges !

Elle acquiesce.

— D'accord, mais si on filait d'abord ?

— Parce que vous croyez qu'on peut semer une tempête de sable ? Vous êtes bien une princesse !

Tu fais asseoir ton cheval, puis avec la selle et la couverture, tu construis une tente sous laquelle vous vous blottissez.

— Quels autres secrets cache votre cité ?

Nizam espère sans doute y trouver un pouvoir qui lui permettra de monter sur le trône.

— Alamut abrite le Sablier des Dieux, qui rythme la vie de toutes les créatures de cette terre, répond Tamina.

Recroquevillés sous votre tente de fortune, vous entendez le vent hurler au loin.

Rends-toi au 96.

104

Pendant que l'homme discute avec Tamina, tu distingues certains termes : vêtements, voyage, troc… Le reste est incompréhensible. Soudain, un mot te surprend : « démon ».

Tout le groupe a les yeux fixés sur toi.

— Vous leur avez raconté que j'étais un démon ?

— Bien sûr que non, te rassure la princesse. Juste de quoi les convaincre de faire l'échange.

Effectivement, deux enfants se dirigent vers toi, les bras chargés de vêtements.

La caravane fait halte pour la nuit. Tu suis le garçon tandis que Tamina accompagne la fille dans un des abris des nomades. En ressortant, tu vois ton armure passer de main en main. La belle cape de la princesse est drapée autour des épaules d'une vieille femme.

Tu glisses avec précaution la dague dans ta nouvelle tenue.

Tamina réapparaît vêtue d'un ensemble sombre typique des Shakshi.

Quelques hommes font du feu tandis que le reste du groupe entonne des incantations et dessine des symboles dans le sable.

— Ils ont des rituels pour tout, explique Tamina.

Soudain, ils font quelque chose d'encore plus étange : ils enterrent ton armure dans le sable !

Tu protestes :

— Hé ! C'est précieux, s'ils n'en veulent pas, je la reprends !

Les Shakshi te regardent. Certains commencent à s'agiter tandis que d'autres reculent, effrayés. Encore plus étonnant, la princesse Tamina se met à danser.

— Qu'est-ce que vous faites ? demandes-tu.

— C'est purement diplomatique, murmure-t-elle.

Elle sourit aux Shakshi, qui lui rendent son sourire. Toi, en revanche, ils n'ont pas l'air de beaucoup t'apprécier.

Va au 49.

105

— Mais quel est le rôle de la dague ? demandes-tu.

— Les dieux l'ont offerte en récompense à la jeune fille qui a sauvé l'humanité. Seule sa lame peut percer le verre du Sablier et libérer les Sables du Temps. Mais la réserve de sable contenue dans le manche ne dure qu'une minute.

Tu examines l'arme.

— Et si quelqu'un plantait la dague dans la paroi du Sablier tout en appuyant sur le bouton ?

— Le sable s'échapperait à l'infini, dit-elle.

— Et cette personne pourrait remonter le temps aussi loin qu'elle veut ! complètes-tu.

Tu comprends soudain ce que ton oncle a en tête.

— Enfant, Nizam a sauvé la vie de mon père en le tirant des griffes d'un lion. Voilà son plan : réécrire le passé pour le laisser mourir et devenir roi à sa place.

Soudain, tu remarques que le calme est revenu à l'extérieur de l'abri.

— La tempête est passée, annonces-tu.

Rends-toi au 117.

106

Tu appuies sur le bouton de pierre précieuse. Tout s'arrête autour de toi.

Puis la scène repart en marche arrière. Les vipères s'enfouissent dans le sable, tout le monde se rendort. Tu mémorises la position des créatures.

Tu te concentres, tu respires un grand coup avant de relâcher le bouton. Le temps s'arrête à nouveau, il ne reste qu'une poignée de sable dans le manche de la dague.

Aussitôt, les serpents repartent à l'attaque, mais cette fois, tu es prêt. Tu fais des moulinets avec la dague d'un côté et avec la bûche fumante de l'autre. Tu brûles une première vipère, mets le feu à la deuxième et tranches la tête de la troisième.

Plus qu'une. Tu te remémores sa position afin de lancer ton poignard et de la couper en deux.

La créature retombe aux pieds de cheik Amar.

— Comment as-tu fait ça, Perse ? demande-t-il d'une voix tremblante.

— L'instinct, répliques-tu.

Tamina regarde la dague, puis te sourit, mais elle ne dit pas un mot.

À la lueur de la lune, tu remarques des silhouettes sombres perchées sur une dune, à l'horizon. Des tourbillons de sable viennent dans votre direction.

— Il faut qu'on parte immédiatement ! ordonnes-tu.

Rends-toi au 19.

107

À l’intérieur de l’ancienne mine de sel, cheik Amar te conduit jusqu’à une sorte de piste. Des cris, des chants, des bruits étranges s’élèvent. Tu te demandes bien dans quoi tu t’es laissé entraîner.

Un hurlement te donne la chair de poule.

Soudain, une quinzaine d’autruches s’élancent sur la piste. Elles portent chacun un numéro sur le poitrail, et un jockey sur le dos.

Tu te tournes vers Amar, abasourdi.

— Des courses d’autruches ?

Le cheik sourit.

— Tu ne t’attendais pas à ça, hein ?

— On raconte tellement d’histoires au sujet de cette vallée, admets-tu.

— Les esclaves assoiffés de sang qui ont massacré leurs maîtres ? déclame-t-il d’un ton tragique avant d’éclater de rire. Une légende !

— Mais… et les squelettes ?

Le cheik hausse les épaules.

— On les a achetés sur le marché de Boukhara. En réalité, le propriétaire de la mine s’est étouffé avec un noyau de datte.

Va au 44.

108

Les gardes te jettent dans un cachot.

— Nizam avait raison, fait l'un d'eux. Il nous avait prévenus que tu tenterais d'entrer par cette porte.

— Tu pensais que personne ne connaissait son existence, hein ? lance un autre, en riant. Mais tes frères et toi étiez constamment surveillés quand vous étiez enfants !

Ton oncle arrive quelques instants plus tard.

— Tiens, tiens, tiens… Tu as perdu quelque chose ? Ne serait-ce pas ça, par hasard ? demande-t-il en montrant la dague.

Tu te jettes contre les barreaux, furieux.

— Tu as tué ton frère, ton neveu ! Comment as-tu pu faire ça ?

— Un jeu d'enfant, commente-t-il en examinant la dague. Quel dommage ! Tout ce sang… pour ça ! Finalement, je n'en ai même pas eu besoin. Plus personne ne peut m'empêcher de monter sur le trône.

— Si, moi ! lui rappelles-tu. Je suis toujours en vie.

— L'assassin du roi va bientôt être exécuté, annonce-t-il. Le peuple réclame ta tête.

Il te dévisage d'un air moqueur.

— Quoique… Je préférerais te garder sous

les verrous quelque temps, tu m'as toujours beaucoup amusé, Dastan.

Il fait volte-face et s'éloigne à grands pas. Tu te laisses tomber sur le sol de pierre, au désespoir.

Tu vengeras ta famille, tu le jures. Enfin, si un jour tu sors de ce cachot…

109

— Nous avons remporté la victoire, t'annonce Roham.

Tu remarques des soldats perses emmenant des groupes de prisonniers hors de la ville.

— Magnifique ! Pourquoi cet air sinistre, dans ce cas ?

— Tes frères, commence-t-il en te posant la main sur l'épaule, c'est à moi que revient la triste tâche de t'annoncer qu'ils sont tous les deux morts au combat. Ils se sont vaillamment battus, mais ils n'ont pas survécu.

Tu avales ta salive avant de demander :

— Mais nous avons le contrôle de la cité ?

— Oui.

— Alors je dois m'entretenir avec mon père, le roi Sharaman. Et avec mon oncle Nizam.

— Je vais te conduire auprès de lui. Il est dans la tente du conseil de guerre, au pied de la muraille. C'est lui qui m'a envoyé te prévenir.

Tu le suis, accablé de douleur. Tu espères que ton oncle saura te réconforter. Et avec un peu de chance, ton père vous rejoindra bientôt.

Rends-toi au 52.

— Ce ragoût a l'air délicieux, dis-tu d'un ton dégagé. Mais je pense que mon cheval préférerait du foin. Vous en auriez ?

La princesse fronce les sourcils, mais ne bouge pas.

— Ça doit pouvoir se trouver.

— Je vais attendre ici. Mon cheval et moi aurions besoin de nous désaltérer. Et je voudrais aussi prendre un bon bain.

Elle sourit, ce qui la rend encore plus belle.

— Attendez.

Elle revient avec une écuelle de ragoût, accompagnée d'un homme qui porte une balle de foin.

— C'est un modeste village, explique-t-il en la déposant devant ton cheval. Mais nous allons vous trouver un toit pour la nuit.

— Ce ne sera pas nécessaire, nous devons reprendre notre route, affirmes-tu.

— Vous paraissez contrarié, remarque la princesse. Puis-je faire autre chose pour vous aider ?

Tu secoues la tête.

— Non, c'est quelque chose dont je dois me charger seul.

Elle acquiesce.

— Nous avons tous un destin à accomplir. C'est parfois long et éprouvant, mais quelle satisfaction quand on réussit ! Je suis bien placée pour le savoir…

Effectivement, elle semble te comprendre.

Remontant en selle, tu repars vers l'inconnu.

111

En fait, tu as déjà compris.

— Cette arme permet de revenir en arrière ! Celui qui la détient peut inverser le cours du temps, changer l'histoire !

Tu lèves les yeux de la dague pour regarder Tamina.

— Jusqu'où peut-on remonter ?

Elle te fixe sans un mot.

— Dites-le-moi, princesse !

— Vous avez détruit ma cité, réplique-t-elle.

— Nous avons la preuve que vous vendez des armes à nos ennemis.

— Vous n'avez que les mensonges d'un espion perse.

Soudain, tout devient clair. Serrant la dague dans ton poing, tu t'écries :

— Je comprends ! Nous ne sommes pas venus chercher des armes clandestines, mais cette dague…

— Bravo, commente la princesse d'un ton amer. Quelle perspicacité !

Tu fais les cent pas, tentant de donner sens à tout cela.

— Après la bataille, j'ai demandé à la garder comme trophée. Mais je ne connaissais pas son pouvoir, alors que Tus... C'est lui qui m'a donné la tunique qui a tué notre père. Il veut monter sur le trône. Et quand il sera roi, avec cette dague, il sera invincible.

Tu lèves les yeux vers le ciel, comme si les étoiles pouvaient te donner les réponses que tu attends.

— C'est Tus, mon frère, qui a tout manigancé.

Rends-toi au 99.

112

— Éteins ta torche, Yusef, chuchotes-tu. Qu'on sache d'abord à qui on a affaire.

Il acquiesce. Tous les deux, vous étouffez vos flammes contre la terre humide. Vous distinguez alors une lueur provenant du bout du tunnel. Vous vous approchez aussi discrètement que possible.

Et vous vous figez net, stupéfaits par ce que vous venez de découvrir au détour du souterrain.

Un feu crépitant jette des ombres dansantes sur les murs d'une grande salle, illuminant un incroyable trésor ! Des montagnes de pièces d'or, des malles remplies de bijoux, toutes sortes d'objets précieux. Trois hommes larges d'épaules sont assis sur un coffre, au coin du feu. L'un d'eux doit t'avoir entendu retenir ton souffle car il regarde dans ta direction.

Il se lève d'un bond, brandissant son cimeterre.

Va au 60.

113

Tu atterris avec un bruit sourd dans la cour, la dague à la main, hors d'haleine.

— Vous avez réussi ! s'écrie Tamina. Oh… mais vous êtes blessé !

Elle ôte l'aiguille qui s'est plantée dans ton bras. Dans le feu de l'action, tu n'avais même pas remarqué.

Ça ne te fait pas vraiment mal, et tu as plus important à régler.

— Il faut trouver Tus… et le convaincre que je dis vrai, annonces-tu.

Rends-toi au 79.

114

— Il faut que les forges et les armes soient facilement accessibles, réfléchis-tu. Prenons le tunnel qui passe juste sous la rue.

Vous vous engouffrez dans le souterrain. Soudain, il bifurque à angle droit, et au détour du tunnel...

— Aaaaaah ! hurles-tu alors que le sol se dérobe sous tes pieds.

Tu lâches ta torche en tentant de te retenir aux parois. Mais en vain.

Tu as beau gesticuler, tu tombes comme une pierre au fin fond des entrailles de la terre.

115

Le discours de Tamina t'a ouvert les yeux. Ta rencontre avec elle, la dague... Tu comprends brusquement qu'il y a plus important que de prouver ton innocence.

— Très bien, princesse.

Le soulagement se peint sur son visage.

— Merci, dit-elle en tendant la main pour reprendre la dague.

— Pas question.

Tu la glisses dans ta ceinture. Si tu la lui rends, elle t'abandonnera là, perdu au milieu de nulle part. Et tu as besoin qu'elle t'accompagne, une fois que sa précieuse arme sera en lieu sûr, pour rétablir la vérité.

Vous prenez la direction du nord, sur un sentier escarpé. Le paysage est de plus en plus montagneux, la brume se lève. Tu vois à peine à un mètre devant toi.

— Vous êtes sûre que c'est le bon chemin ? t'inquiètes-tu.

— J'ai un peu de mal à me repérer dans ce brouillard, avoue-t-elle.

Vous vous arrêtez pour vous reposer, espérant que la brume se dissipera au cours de la nuit.

Le lendemain matin, le temps s'est éclairci, mais Tamina paraît préoccupée.

— Je ne reconnais pas les lieux, dit-elle en désignant quelques maisons dans la vallée.

— Peut-être quelqu'un pourra-t-il nous renseigner là-bas, suggères-tu.

Tu montes en selle, Tamina derrière toi, et vous chevauchez jusqu'au village.

Rends-toi au 29.

116

Tu décides de t'adresser directement à la foule :

— Vous me connaissez ! Vous savez à quel point j'aimais mon père. Pourquoi l'aurais-je tué ? Je n'avais rien à y gagner !

Tamina te rejoint sur la scène. Le public est fasciné par sa beauté et son allure princière.

— Il faut le croire ! assure-t-elle. Nizam a attaqué ma ville, une cité sacrée, tout ça pour nous voler cette dague, pensant qu'elle lui donnerait le pouvoir absolu ! Alors que Dastan, lui, s'est toujours comporté en homme d'honneur. Je suis convaincue qu'il est innocent des crimes dont on l'accuse.

Elle se retourne pour regarder Nizam droit dans les yeux :

— C'est vous le traître, le conspirateur, le meurtrier !

Des cris s'élèvent de la foule :

— Dastan ! Dastan ! Dastan !

Tu crains d'abord que le peuple ne réclame ta tête, mais tu repères Seso et Amar dans la foule, qui encouragent les autres à crier.

Tu t'avances au milieu de la scène.

— Princesse Tamina, dis-tu en lui tendant la dague, il me semble que ceci vous appartient.

Elle la saisit, les larmes aux yeux. Tu lui prends alors la main et, face à la foule, tu déclares :

— Ma famille n'est pas morte pour rien ! Je vous promets que dorénavant nous vivrons en paix !

Un tonnerre d'applaudissements accueille tes paroles.

La princesse te regarde avec tendresse.

— Votre père aurait été fier de vous, murmure-t-elle. Vous avez accompli votre destin.

Tu souris. Pour une fois, elle a peut-être raison !

117

En soulevant la couverture, tu vois le soleil se lever sur le désert.

— Dastan, commence la princesse d'un ton pressant, c'est extrêmement dangereux. Si Nizam ouvre le manche de la dague à l'intérieur de la Chambre Sacrée, le sceau sera rompu, le Sablier brisé, les Sables du Temps pourront s'échapper. Sa soif de pouvoir risque de détruire l'humanité tout entière !

Dit-elle la vérité ? Ou est-ce encore un mensonge pour récupérer la dague ?

— Le temple des Gardiens, au nord d'Alamut, est un sanctuaire. Là-bas, la dague sera à l'abri. C'est le seul moyen d'empêcher ce désastre.

Elle lève vers toi ses grands yeux noirs inquiets.

— Croyez-moi, Dastan. Rendez-moi la dague, que je puisse la mettre en lieu sûr.

Retenant un soupir, tu prends ta décision.

— Désolé, princesse, ce n'est pas possible.

Tamina recule en titubant, rouge de colère et de honte.

Avant qu'elle puisse s'emporter, tu ajoutes :

— Mais je vous accompagne.

Va au 78.

Vous remarquez soudain que le village est étrangement calme. Cheik Amar va faire un tour en éclaireur. Tu repères une cabane dont la porte est ouverte. Tamina s'y précipite.

Tu la suis. Quatre corps gisent à terre, sans vie. Sans doute des prêtres.

La princesse tombe à genoux, bouleversée. Tu lui poses la main sur l'épaule.

Seso murmure ce qui ressemble à une prière avant de déclarer :

— Ils sont morts depuis longtemps.

Examinant les cadavres plus attentivement, tu affirmes :

— Ces blessures n'ont pas été faites par une arme ordinaire.

— Ce sont les Hassansins ? demande le guerrier africain.

Tu acquiesces gravement.

— Oui, ils sont passés par là. Nizam est au courant de tout.

C'est alors qu'Amar revient.

— Ils sont tous morts. Le village entier.

Va au 93.

119

Durant la nuit, deux hommes montent la garde. Tu aimerais trouver un moyen de reprendre la dague et de t'enfuir, mais tu es pieds et poings liés.

Seso a enveloppé tes deux armes dans sa cape et s'en est fait un oreiller. Il va te falloir un sacré plan pour sortir de là vivant, avec la princesse et la dague.

Le vent souffle sur le camp. Aksh hennit, affolé.

Tu comprends vite ce qui le perturbe : une vipère jaillit du sable, juste aux pieds de Seso. Elle se dresse, dardant sa langue fourchue, prête à le mordre. Tu te lèves d'un bond pour l'écraser avec une bûche fumante.

Seso, réveillé en sursaut, te lance un regard étonné. Il sait que tu viens de lui sauver la vie. Mais il n'a pas le temps de te dire merci : quatre autres reptiles surgissent dans le camp !

— Donne-moi la dague, ordonnes-tu.

Tu tends tes deux poignets attachés. Le guerrier hésite, fixant d'un œil paniqué les quatre vagues ondulant sous le sable.

— Si tu tiens à la vie, donne-moi la dague, insistes-tu.

Seso tranche tes liens et te lance l'arme.

Juste à temps !
Les vipères surgissent soudain du sable.

Si tu te sers de la dague pour remonter le temps, va au 106.

Si tu préfères garder le sable magique et les affronter seul, va au 100.

120

Tu as à peine franchi les portes de la ville que tu tombes nez à nez avec une sentinelle. Elle t'attaque immédiatement. Tu bloques son épée et tu la repousses. Elle titube, mais revient immédiatement à la charge.

Tu tournes sur toi-même afin de prendre ton élan et tu la frappes à nouveau, avec une telle force qu'elle en perd l'équilibre.

Un mouvement attire ton regard. Il y a des archers postés sur le parapet.

Ton adversaire profite de cette seconde de distraction pour se relever.

Veux-tu poursuivre le combat ou prendre la fuite pour tenter de retrouver tes hommes ?

Si tu décides de continuer à te battre, va au 51.

Si tu préfères essayer de rejoindre ton bataillon, va au 84.

En vous retournant, vous découvrez un groupe d'hommes portant la tenue sombre et le turban des Hassansins. Ils vous encerclent.

— Vous me décevez, dis-tu en posant la main sur le pommeau de ton épée.

Alors que Tamina te dévisage, paniquée, tu poursuis :

— Je suis venu jusqu'ici pour me mesurer aux tueurs les plus chevronnés. Mais nous avons réussi à pénétrer dans votre campement sans être repérés. Nous étions là depuis un moment lorsque vos petits compagnons sont venus nous saluer, ajoutes-tu en désignant les vipères mortes.

L'un des hommes s'avance.

— Qui vous envoie ?

Tu réponds avec un sourire narquois :

— Vous ne me reconnaissez pas ? Mon maître est celui-là même qui a permis à votre groupe de se reformer.

Tu espères que ce petit discours te permettra d'obtenir quelques informations.

L'homme hausse un sourcil.

— Vous êtes Dastan. Mais je ne pensais pas que votre oncle Nizam avait averti sa famille de ses projets.

Tu t'efforces de masquer ta surprise.

— Oncle Nizam ne sera sûrement pas ravi d'apprendre que j'ai déjoué votre vigilance.

Tu vois ses dents se serrer et sa main chercher son arme, aussi ajoutes-tu :

— Mais je me ferai un plaisir de lui dire que vous vous entraînez avec ardeur.

— Qui est cette femme ? demande un autre homme. Pourquoi Nizam t'aurait-il demandé de venir avec une femme ?

Bonne question !

Rends-toi au 123.

Tu ne peux quitter le paquet des yeux. Bizarre. Une étrange lueur filtre à travers le tissu.

Vérifiant d'un bref coup d'œil que tu es seul, tu t'accroupis pour l'ouvrir. À l'intérieur, tu découvres une magnifique dague sacrée. Elle semble très ancienne. Son manche de verre est rempli de sable si blanc qu'il paraît lumineux. Lorsque tu la lèves pour mieux la voir, le sable ondoie dans la poignée.

Tu as une sensation étrange, comme si la beauté de cet objet, ces grains de sable fascinants t'avaient hypnotisé.

Un cri triomphal te tire de ta rêverie. L'armée perse a pris possession de la ville !

Glissant la dague dans ta ceinture, tu cours rejoindre tes frères.

Rends-toi au 6 pour célébrer la victoire.

123

— Elle est là pour suivre l'entraînement, affirmes-tu. Une femme pourra nous être utile pour certaines opérations.

L'Hassansin n'a pas l'air convaincu mais il n'insiste pas.

— Vous pouvez nous faire visiter le camp ? demandes-tu.

Tu veux avoir une vue d'ensemble. Il va falloir filer très vite pour prévenir tes frères de la trahison de Nizam.

— J'aimerais voir votre arsenal, intervient la princesse d'un ton hautain et glacial. Je connais le maniement de la plupart des armes. Je souhaiterais essayer quelque chose de nouveau.

— Les recrues ne donnent pas d'ordre, réplique l'Hassansin.

Il se tourne vers toi.

— C'est moi qui vais regarder votre équipement. Cette dague est très originale.

Tu vois un éclat sous le soleil. Tous les hommes ont tiré leur arme.

— Elle ressemble même exactement à celle que Nizam nous a chargés de trouver, reprend l'Hassansin.

Ils vous ont démasqués !

Tu sais qu'ils courront après toi et non après Tamina car ils veulent récupérer la dague. Tu te retournes brusquement, la bousculant légèrement, et tu en profites pour la lui glisser.

— Fuyez ! ordonnes-tu.

Elle file tandis que tu pars dans la direction opposée. Comme prévu, les Hassansins se lancent à ta poursuite.

Pour toi, c'est fini : tu ne peux pas les semer, tu ne pourras pas les battre, ils sont trop nombreux. Mais au moins, la princesse ira mettre la dague en lieu sûr.

124

Tu te faufiles dans la caverne, tandis que derrière toi la clameur du combat s'assourdit. Tu débouches bientôt sur un petit bassin naturel. Tamina est dans l'eau, debout devant un autel creusé dans la roche. Elle lève la dague, prête à l'enfoncer dans la pierre sacrée.

Tchak ! Un ruban de cuir s'enroule autour de son poignet, l'attirant en arrière. Elle laisse échapper la dague !

Tu te retournes pour faire face à son attaquant. Il faut que tu attires l'Hassansin hors de la grotte, loin de Tamina et de la dague.

Tu évites habilement ses coups, battant en retraite hors de la caverne. Puis tu sautes sur le toit d'une maison, le tueur sur les talons, son fouet sifflant à tes oreilles.

Tu lèves ton épée pour attraper l'un des rubans de cuir. Lorsqu'il s'enroule autour de ta lame, tu tires de toutes tes forces. Un autre t'atteint, déchirant ta chemise. Tu te débats, coupant un à un les rubans de cuir du fouet.

Mais l'Hassansin n'abandonne pas. Tirant une épée, il se jette sur toi.

Rends-toi au 95.

— C'est faux ! Et je suis là pour le prouver, justement !

La sœur de Bis s'assied, sous le choc. Tu t'agenouilles pour lui prendre la main.

— Ton frère est mort en voulant me protéger. Lui, il savait que je n'aurais jamais fait de mal à mon père. Bis était mon meilleur ami.

— Il t'aimait comme un frère, répond-elle, les larmes aux yeux. Je n'ai jamais cru tout ce qu'on racontait à ton sujet. Comment puis-je t'aider ?

— J'ai besoin du plus d'informations possibles à propos de Nizam. Et d'un endroit où passer la nuit.

Le lendemain matin, portant les vêtements et les armes de ton second, tu te rends au palais. La sœur de Bis t'a appris que Nizam devait être couronné aujourd'hui.

« C'est ce qu'on va voir » songes-tu, furieux.

Ils n'ont pas lésiné sur la sécurité : Nizam est sur une estrade, entouré de gardes du corps, et il y a une multitude d'archers sur les toits. Tu te faufiles dans la foule jusqu'à la scène.

Tu arrives au moment crucial. Le régent apporte la couronne à Nizam tandis qu'il enfile sa tenue de cérémonie. C'est maintenant ou jamais.

Tu sautes sur l'estrade en hurlant :

— Arrêtez ! Vous confiez l'empire à celui qui a tué le roi !

Va au 88.

126

— Je vais parler à mon père, promets-tu à Nizam. Je veux qu'il sache que Tus et Garsiv ne sont pas morts pour rien. Mais il faut que nous trouvions les forges clandestines et que nous mettions fin à ce trafic d'armes.

— Bien, déclare ton oncle. Tiens-moi au courant.

Tu te prépares à affronter ton père. Tu dois refouler tes émotions : la douleur d'avoir perdu tes deux frères, mais aussi la souffrance de réaliser que ton père ne t'a jamais aimé autant qu'eux.

Lorsque tu arrives à la porte des appartements qu'occupe ton père, un garde te barre la route.

— Il ne veut voir personne, explique-t-il.

— Pour moi, il fera une exception, insistes-tu.

— Il a été très clair. Il ne reçoit personne, et surtout pas vous.

Ta gorge se serre. C'est bien ce que tu craignais. Nizam avait raison. Ton père t'en veut.

Rends-toi au 128.

127

Tu ne peux pas te résoudre à lui faire confiance.

— Adieu, princesse ! répliques-tu en filant hors de la cour.

Voyant qu'elle te suit, tu tournes et vires dans le labyrinthe des ruelles pour la semer.

Mais soudain tu t'aperçois que tu t'es perdu !

Regardant autour de toi, tu ne reconnais rien. Tu t'es enfoncé au hasard dans la cité, sans savoir où tu allais. Ralentissant, tu débouches hors de la ruelle... et tu te retrouves dans la cour du palais. Tu es revenu sur tes pas !

— L'assassin ! hurle une voix. Attrapez-le !

Une nuée de flèches s'abat sur toi. Une douleur insoutenable te fait vaciller. Battant des paupières, tu as tout juste le temps de comprendre que c'est la...

128

Au désespoir, tu prépares un paquetage avec quelques provisions et tu files aux écuries. Rien ne sert de rester. Si tu n'es pas le bienvenu auprès de ton père, alors tu n'es pas le bienvenu au sein de l'empire. Mieux vaut partir.

Tu chevauches vers le nord. Tu ne sais pas pourquoi. Tu t'éloignes de Nasaf, la ville où tu es né.

Tu t'enfonces dans les montagnes sans croiser âme qui vive. Le paysage désolé s'accorde bien à ton humeur. Si seulement tu avais empêché tes frères d'envahir Alamut, ils seraient toujours en vie, et ton père te porterait toujours dans son cœur.

En émergeant des arbres, tu aperçois un petit village dans la vallée, en contrebas. Ils te laisseront peut-être passer la nuit là-bas, donner à boire à ton cheval et refaire quelques provisions.

Va au 73.

129

Tu saisis la torche, tu ne veux pas risquer de te briser le cou dans le noir.

Tu tournes dans les tunnels, c'est un véritable labyrinthe. À la quatrième ou cinquième intersection, tu es convaincu d'avoir semé Ogav et ses compagnons. Tu peux ralentir.

Il faut que tu trouves un moyen de sortir d'ici.

Mais au moment où tu veux t'adosser contre un mur... tu tombes en arrière ! Tu as découvert un passage secret.

Tu te retrouves dans une salle immense, remplie de sable. Bouche bée, tu lèves les yeux vers la gigantesque sculpture en verre qui se dresse devant toi. On dirait un sablier géant.

En voulant t'approcher, tu trébuches et tu lâches ta torche. Elle cogne contre le verre.

Heureusement, le verre est juste légèrement fêlé. Personne ne s'en apercevra. Ouf !

Une pincée de sable s'écoule. Rien de bien méchant.

Mais soudain, des images se mettent à tourbillonner devant toi. Tu te revois en train de pénétrer dans cette salle. Le temps se rembobine sous tes yeux !

Rends-toi au 66.

La soif de pouvoir de Nizam te met hors de toi. Tu te jettes sur lui en faisant tournoyer ton épée. Ton oncle brandit la dague pour la bloquer, mais tu la lui arraches des mains. Il se tasse, prêt à recevoir le coup fatal.

— J'avais confiance en toi ! cries-tu.

Tu te dresses au-dessus de lui, rassemblant ton courage pour le tuer. Mais en une seconde, il tire de sa cape un poignard et te l'enfonce dans le ventre. Tu tombes à genoux.

— Dastan ! hurle Tamina en sortant de sa cachette.

Ton oncle se rue sur la dague.

— Je n'ai jamais compris pourquoi mon frère avait ramené une vermine dans ton genre au palais, dit-il en s'approchant du Sablier. J'espère que tu aimes toujours le caniveau, Dastan. Car sous mon règne, tu n'en sortiras pas !

Il lève la dague, prêt à transpercer le Sablier pour remonter jusqu'au jour où il a sauvé son frère… avec la ferme intention de le laisser mourir, cette fois-ci.

Mais en brisant le sceau sacré, il ouvrira la porte au chaos et à la destruction.

Le sol se fendille sous vos pieds.

— Ne fais pas ça ! supplies-tu. Tu vas provoquer...

— Provoquer quoi ? te coupe Nizam. La colère des Dieux ? Je préfère régner en enfer que de ramper sur cette maudite terre !

Va au 50.

131

— Lâche ! ordonnes-tu.

— Jamais ! J'ai attendu ce moment toute ma vie ! rugit-il.

Au fur et à mesure que le sable s'écoule de la dague, tu vois défiler en arrière la scène qui vient de se produire : tu fais le saut périlleux à l'envers et tu atterris sur la colonne. Tamina est suspendue au-dessus du vide. Elle remonte et se retrouve sur le sol où elle titube.

Tu pourrais la rejoindre pour l'empêcher de tomber. Mais il faudrait que tu lâches la dague. Ton destin est-il de sauver la princesse ou la dague ?

Si tu voles au secours de Tamina, va au 132.

Si tu préfères rester cramponné à la dague, va au 133.

132

Tu ne supportes pas l'idée de perdre Tamina. Tu sautes pour la rattraper, mais ce brusque mouvement fait voler la dague des mains de Nizam, et la lame ressort du Sablier !

Tu vacilles et réussis à te rétablir à côté de la princesse, au bord de la faille. La dague atterrit à quelques centimètres de tes pieds. Tu te penches pour la ramasser.

— NON ! hurle Nizam en se ruant sur toi.

Mais tu l'esquives habilement et, emporté par son élan, il tombe dans le vide. Tu entends son cri résonner longtemps.

Tu respires enfin. C'est fini. Tu ramasses la dague pour la donner à Tamina.

— Je crois que ça vous appartient.

Elle la prend, les larmes aux yeux.

— Tu as réussi, murmure-t-elle.

— On a réussi, corriges-tu. Nous avons accompli notre destin et, maintenant, le monde peut vivre en paix.

133

Si tu n'arrêtes pas Nizam et le flot de sable qui s'écoule du Sablier, ça ne sert à rien de sauver Tamina ! Toute l'humanité périra !

Le temps continue à se rembobiner tandis que tu essaies de forcer ton oncle à lâcher la dague. Le verre se fendille, le Sablier va se briser…

Tu rassembles tes forces pour repousser Nizam. Il titube, tu en profites pour tirer la dague hors du Sablier. Le temps reprend son cours et le trou se rebouche miraculeusement. Tu as la tête qui tourne. Tu fermes les yeux, juste un instant…

Rends-toi au 134.

134

En rouvrant les yeux, tu vois un homme à terre dans une ruelle. Tu lui prends un objet emballé dans un carré de tissu. C'est la dague !

Tu es revenu au moment où tu t'es battu contre le garde de la princesse, qui s'efforçait de faire sortir la dague hors de la ville. Le moment où l'aventure a commencé !

Tu saisis la dague. Cette fois, ce ne sera pas pareil. Cette fois, tu ne feras pas les mêmes choix. Tu vas réécrire le passé.

Cette fois, tu vas devenir un grand homme, comme l'espérait ton père. Et Sharaman sera là pour le voir. Tu connais le pouvoir de la dague et les secrets d'Alamut. La princesse Tamina avait raison, finalement, ton destin était peut-être de revenir à cet instant pour changer le cours de l'histoire.

Tu as aimé vivre les aventures de Dastan, prince de Perse ? Alors découvre vite d'autres

Aventures sur mesure

Déjà paru en Bibliothèque Verte !

Star Wars - Le Pouvoir du Jedi

Tu as toujours rêvé de devenir un Jedi ?
Aujourd'hui, c'est possible, avec une
aventure sur mesure qui te plongera
dans la guerre des étoiles !

Continue l'aventure dans l'univers de Prince of Persia avec une deuxième aventure sur mesure : *Le destin de Tamina*

Aventures sur mesure

Cette fois, tu seras à la place
de la princesse Tamina...
Réussiras-tu à protéger la dague sacrée
et à accomplir ton destin ? Et succomberas-tu
aux charmes du prince Dastan ?

ET RETROUVE AUSSI LE ROMAN DU FILM *PRINCE OF PERSIA* EN BIBLIOTHÈQUE VERTE

Royaume de Perse, VIe siècle. Celui qui détient la dague sacrée contrôle le temps. Son destin est à jamais lié à la dague et aux légendaires Sables du Temps. Connaître leur existence donne le pouvoir de réduire l'humanité à néant.

« Pour l'éditeur, le principe est d'utiliser des papiers composés de fibres naturelles, renouvelables, recyclables et fabriquées à partir de bois issus de forêts qui adoptent un système d'aménagement durable. En outre, l'éditeur attend de ses fournisseurs de papier qu'ils s'inscrivent dans une démarche de certification environnementale reconnue. »

Imprimé en France par Jean-Lamour - Groupe Qualibris
Dépôt légal : janvier 2011
20.07.2146.7/01 ISBN : 978-2-01-202146-4
Loi n° 49956 du 16 juillet 1949
sur les publications destinées à la jeunesse